Die Löwenfabrik

Mustafa Haikal

Die Löwenfabrik

Lebensläufe und Legenden

Mit einem Nachwort von Jörg Junhold

Herausgeber: Zoo Leipzig GmbH

PRO LEIPZIG

Erschienen bei Pro Leipzig
Leipzig 2006

Herausgegeben von der Zoo Leipzig GmbH
Gestaltung und Produktion: Frank Speckhals/Pro Leipzig
Korrektur: Dorothea Steppat
Druck: Jütte-Messedruck Leipzig GmbH
ISBN 3-936508-15-1

Inhalt

Die Löwen des Gottlieb Kreutzberg

Das Grabmal

Auf dem Alten Johannisfriedhof zu Leipzig steht eine verwitterte Löwenplastik. Vandalismus und Zeit haben dem Sandstein zugesetzt. Die Pranken sind abgebrochen, das Mähnenhaar fällt ins Leere. Umwuchert von Efeu ruht der Körper auf dem Boden. So friedvoll der Ort und seine Umgebung wirken, die Züge des Löwen verraten Anspannung. Wachsam geht der Blick auf den gegenüberliegenden Eingang. Fast scheint es, als müsse sich dessen Tür jeden Moment öffnen, als warte das Tier auf etwas Bestimmtes.

Für wen das Grabmal errichtet wurde, erfährt der Besucher nicht. Keine Inschrift verrät den Namen des Verstorbenen, keine der Schautafeln hilft weiter. Stattdessen wird eines deutlich: Die Plastiken und Grabsteine entlang des Weges stammen anderswoher, scheinen wahllos zusammengetragen. Einst standen sie auf dem Neuen Johannisfriedhof, kaum 900 Meter entfernt. Willkür und Unverstand haben 1971 zur Schließung der Anlage und zu ihrem Abriss geführt. Unter dramatischen Umständen gingen die Gräber verloren. Was erhalten blieb, wurde später an diesem Weg aufgestellt, so auch der steinerne Löwe.

Das Geheimnis der lebensgroßen Skulptur führt weit zurück. Unbemerkt von der Öffentlichkeit reist im April 1874 ein schwergewichtiger Mann nach Leipzig. Das Laufen bereitet ihm Mühe, ab und zu muss er innehalten. Quartier nimmt der Sechzigjährige im „Braunen Ross“, einer zweistöckigen Herberge in der Windmühlengasse. Von hier sind es nur wenige Schritte zu

Grabplastik auf dem Alten Johannisfriedhof

den Plätzen am Promenadenring. Dem Königsplatz zum Beispiel, in dessen Mitte das Denkmal des Kurfürsten steht. Rund um das Rondell aber herrscht dichtes Gedränge. Es ist Frühjahrsmesse und wer Geld verdient, sucht das Vergnügen. Vor allem am Abend schwillt der Lärm an. Aus Schaubuden und Schenkstuben dringt Gelächter, die Musik der Blaskapellen wetteifert mit den Rufen der Karussellbesitzer – ein unablässiges Durcheinander von Jahrmarktgeschrei und Stimmengewirr, das sich über den Platz legt und auch die umliegenden Häuser erfasst.

Obwohl der Gast nur zwei Tage im „Braunen Ross" bleiben will, verlängert sich sein Aufenthalt um mehrere Wochen. Längst ist das bunte Volk der Budenbesitzer weitergezogen und noch immer hat der Fremde sein Quartier nicht verlassen. Das Zimmer der einfachen Herberge wird seine letzte Adresse sein. Am 30. Mai 1874 stirbt er. Der Name des Toten: Gottlieb Christian Kreutzberg, Menageriebesitzer im Ruhestand.

Was aber hat den ehemaligen Schausteller veranlasst, den Weg zur Frühjahrsmesse auf sich zu nehmen? Wollte er die Stadt an der Pleiße ein letztes Mal sehen, reiste er privat oder in Geschäften? Die Eintragungen im Ratsleichenbuch und in den Repertorien des Friedhofsamtes geben nur wenig Auskunft. Um Mitternacht, so erfahren wir, sei der Tod eingetreten, der Verstorbene hinterlasse Frau und Sohn. Zum Glück existieren andere Quellen: Archive und Zeitungen, Kirchenbücher und Journale. Drei Mal – so die Akten – trat Kreutzberg vor den Traualtar, sieben Kinder sind testamentarisch erwähnt. Ein gottgefälliges Leben war das nicht, ein ruhiges noch weniger. Scheidungen und Liebschaften wechseln einander ab, mehrere der Kinder kommen unehelich zur Welt. Obwohl Kreutzberg als Heimatadresse Reichenbach bei Görlitz angibt, ist er ständig unterwegs. Sein Elternhaus steht in Borxleben, 20 Kilometer vom Kyffhäuser entfernt. Früh scheint er das kleine Dorf verlassen zu haben und bereits Ende des 19. Jahrhunderts erinnert sich hier niemand mehr an die Familie.

Eine Menagerie auf Reisen

Mit wessen Geld der junge Mann die bedeutendste Wandermenagerie Deutschlands aufbaut, bleibt ein Geheimnis. Angeblich soll er als Bänkelsänger und Leierkastendreher begonnen haben und dann durch Heirat in den Besitz eines Vermögens gekommen sein. Seine zweite Frau, Maria Theresia Präuscher, stammt aus einer wohlhabenden Schaustellerfamilie. Allerdings besitzt Kreutzberg zum Zeitpunkt der Heirat längst ein florierendes Geschäft. Schon 1837 kauft er von dem Holländer Wilhelm van Aken zahlreiche Tiere, neun Jahre später übernimmt er von dessen Sohn Anton die berühmte „Königlich-Niederländische Menagerie“. Sie bildet den Grundstock des Unternehmens, an ihre Erfolge will der Schausteller anknüpfen.

Über 30 Jahre durchquert Kreutzberg Deutschland, von Hannover bis Nürnberg, von Berlin bis Hamburg – die großen Städte zuerst. In die Fremde dagegen verschlägt es ihn selten. Nur Russland und Skandinavien hat er mehrfach besucht. Ob er wirklich in Paris, London oder Amsterdam aufgetreten ist, wissen wir nicht. Zwar steht es fettgedruckt in den Anzeigen, doch das beweist wenig. Meist gastiert die Menagerie drei Wochen an einem Platz, dann werden die Pferde vorgespannt.
Die folgenden Tage erfordern Konzentration. Schlagbäume und Achsenbrüche, Zollstationen und Passkontrollen erschweren den Reiseverlauf. Wenn es die Route zulässt, wählt Kreutzberg den Wasserweg, mietet einen Schleppkahn mit Dampfboot, lässt sich über Kanäle und Flüsse ans Ziel bringen.
Rund zwei Dutzend Wagen gehören zum Konvoi, 10 bis 15 Personen begleiten ihn. Die kostbare Fracht muss betreut und bewacht werden. Das gilt auch für den Transport mit der Eisenbahn, der immer wichtiger wird. Einen kleinen Sonderzug benötigt der Menagerist für sein Unternehmen. Die Preise sind dementsprechend. Rund 500 Gulden kostet die Passage von Nürnberg nach München, ein Katzensprung, verglichen mit anderen Entfernungen. So nimmt er oft genug der Weg über die Chausseen, wo die staunenden Menschen dem Tross hinterher schauen.
In Leipzig erscheint Kreutzberg bereits im Oktober 1846. Regelmäßig wird er die Stadt und ihre Messen in Zukunft besuchen. Häufig im Herbst, selten im Frühjahr, ganz nach der Reiseroute und den Umständen des Geschäfts. Es ist ein eindrucksvoller Anblick, wenn die gelbschwarzen Menageriewagen durch die Straßen rollen. Vorn fährt der Hausstand des Eigentümers, dahinter folgen die Pack- und die Tierwagen. Der buntgekleidete Mohr winkt vom Kutschbock, Kreutzberg selbst führt die Zügel. In einem großen vierrädrigen Kasten ohne Boden hält die

Elefantenkuh Baba Einzug. Das hölzerne Gestell wird von zwei Pferden gezogen und die Elefantenkuh geht im gleichen Tempo zu Fuß.

Hat die Menagerie den Königs- oder den Rossplatz erreicht, beginnt die Arbeit der Knechte. Unter ihnen befinden sich Handwerksgesellen und Fabrikarbeiter, Tagelöhner und Dienstleute. Einige bleiben Jahre bei Kreutzberg, andere sind heute Tierwärter und morgen Mitarbeiter einer Seiltänzergesellschaft. Sie alle – auch die zierliche Löwenbändigerin aus Stockholm –

Ein Morgen in der Menagerie, Holzstich von Heinrich Leutemann, 1865

müssen nun beim Aufbau der Bude helfen, die Wagen richten, die schweren Leinwände über das Gestell ziehen.

Rund 70 Meter lang, 12 Meter breit und bis zu 5 Meter hoch ist die Bude. Für eine solche Konstruktion wird ausreichend Platz benötigt; nicht immer steht er zur Verfügung. Streng achten die städtischen Behörden auf die Sicherheitsbestimmungen, begutachten die Käfige, prüfen das Tragwerk. Manchmal haben Zimmerleute den Holzrahmen bereits vorbereitet, dann dauert der Aufbau nur Stunden. Einen eigenen Permissär beschäftigt

Kreutzberg, der dem Unternehmen vorausreist, mit Behörden und Handwerkern verhandelt, Gebühren und Standgelder entrichtet. Sind die Wagen unter dem Dach aneinandergereiht, beginnt das Auspacken der Ladung. Noch stecken die Tiere in winzigen, meist dunklen Verschlägen. Ihre Käfige werden von Zwischenwänden geteilt, hinter denen sich das Gepäck staut. Manche der Wärter haben hier während der Fahrt übernachtet und räumen zunächst das Stroh beiseite.

Löwen und Elefanten

Trotz aller Enge braucht die Menagerie keinen Vergleich zu scheuen. Die Zahl der Großkatzen sucht ihresgleichen: 14 Löwen, sechs Leoparden, zwei Jaguare, einen Panther und einen Tiger zeigt Kreutzberg 1865. Hinzu kommen Hyänen und Eisbären, Baribale und Wölfe. Die „wilden und gefährlichen Bestien" – sie vor allem locken das Publikum an. Der große Berberlöwe, so erfahren wir, sei mit 22 Jahren „das älteste Exemplar der Menagerie". Er zeichne sich durch seine „dunkelgelbe Mähne", die „majestätische Haltung" und die „mächtige Stimme" aus. Meist aber liegt er auf den Holzplanken und döst in den Tag hinein. Erst wenn die Zeit der Fütterung naht, wird er unruhig. Normalerweise bekommen die Großkatzen Pferdefleisch, das ist am billigsten. Auch lebende Kaninchen oder Hühner bereichern den Speiseplan.

Kaum weniger Neugier als Löwen erregen die Indischen Elefanten. Dass zwei oder drei von ihnen gezeigt werden, bleibt die Ausnahme. Die Tiere sind teuer und schwer zu transportieren. Zudem bereitet der Appetit der Dickhäuter Probleme. Ständig müssen Heu und Äste herangeschafft werden, nie dürfen die Vorräte zu Ende gehen. Ein eigener Kornak, ein Elefantenführer, sorgt sich um das Wohl seiner Schützlinge, scheuert ihre Haut, beschneidet die Fußballen. Andere Wärter heizen den Ofen und entmisten die Käfige. Die Affen bekommen eine Tasse Milch, die großen Laufvögel Kartoffeln und Körner. Mehrmals wöchentlich werden das Krokodil und die Riesenschlange aus ihren Kisten geholt und in einen Bottich mit lauwarmem Wasser gelegt. Überhaupt ist der Gang durch die Bude voller Überraschungen: Da sucht ein Nasenbär nach etwas Fressbarem, dort stolzieren zwei Marabus an den Käfigen entlang. „Mit wahrer Freude", so der Reporter des Leipziger Tageblatts im Oktober 1862, „begrüßen wir diese Menagerie. Dass Herr Kreutzberg stets etwas Vorzügliches zeigt ist bekannt und noch jeder Besuch hat etwas Neues geboten."

Eine kleine Broschüre des Schaustellers führt über 50 Arten auf: neben Großkatzen und Elefanten auch Antilopen und Giraffen, Meerkatzen und Gürteltiere. Allzu genau aber darf man das Verzeichnis nicht nehmen, die Listen ändern sich schnell. Falsche Ernährung und Lichtmangel, der Wind und die Kälte schaden den Tieren. Noch weiß man wenig über ihre Bedürfnisse und Kreutzberg wird durch Verluste klug. Auch der Besuch eines Arztes hilft selten weiter. Zu ungewöhnlich, zu exotisch sind die Patienten. Krankheiten wie Typhus oder Milzbrand richten verheerende Schäden an. Innerhalb von Tagen verliert Kreutzberg in Russland sämtliche Großkatzen. Nach ihrem Tod wird ihnen das Fell abgezogen und verkauft. An das Zoologische Museum zum Beispiel oder sonst einen Interessierten. So hängen an den Balken der Bude nicht nur die Fleischportionen für die nächste Mahlzeit, sondern auch Häute und Präparate.

Seuchen und Todesfälle kosten den Schausteller ein Vermögen. Ein- oder zweimal im Jahr müssen neue Tiere erworben werden. Zu diesem Zweck fährt Kreutzberg nach London. Ein gebürtiger Deutscher, Charles Jamrach, handelt hier mit der empfindlichen Ware und vermittelt sie an Kunden in ganz Europa. Da Kreutzberg seine Rückkehr in den Tageszeitungen annonciert, wissen wir, was er gekauft hat. Im Sommer 1851 sind es fünf Löwen, zwei Königstiger, drei Pumas, ein Panther, ein Seelöwe und eine Sammlung von Affen und Papageien. Mehrere tausend Taler haben so bar auf die Hand den Besitzer gewechselt.

Charles Jamrach, ein imposanter Mann, betreibt das Geschäft in der dritten Generation. Er selbst hat Asien bereist und Wildtiere nach England gebracht. Sein Anwesen im Hafenviertel gilt als Londoner Attraktion. Reiseführer empfehlen einen Abstecher, Schriftsteller und Journalisten besuchen den Eigentümer. „Ich vermute," so heißt es in einer der zahlreichen Beschreibungen, „dass es keinen anderen Platz in der Welt gibt, wo man die Glocke schellen und seinen Diener um die Ecke schicken kann, um einen Löwen zu kaufen." Wenn Jamrach in Pariser, Berliner oder Wiener Tageszeitungen inseriert, reicht eine kleine Annonce ohne Adresse. Die Menageristen und Zoodirektoren wissen, wie sie ihn finden können.

In den sechziger Jahren wird die Situation für den Händler schwieriger. Mehrere Konkurrenten bieten nun exotische Wildtiere an und in Hamburg macht ein anderer Geschäftsmann von sich reden. Innerhalb kurzer Zeit überflügelt er alle Mitbewerber und baut einen weit verzweigten Kundenkreis auf. Auch bei ihm – dem jungen Carl Hagenbeck – erwirbt Kreutzberg Ware. Zunächst vereinzelt, dann immer häufiger. Die Hansestadt liegt auf dem Wege und das Angebot kann sich sehen lassen. Der Spielbudenplatz 20, das Grundstück des Unternehmens, ähnelt einer großen Menagerie. Im Haus und im Hofgebäude reihen sich Käfige und Stallungen aneinander. Fast täglich können die Besucher Neues bewundern und nicht selten stehen 20 bis 30 Löwen zur Auswahl. Dennoch werden viele der Tiere weiterhin über London eingeführt. Erst mit wachsender Nachfrage rüstet Hagenbeck eigene Expeditionen aus, bezahlt er Tierfänger in aller Welt.

Konkurrenz und Reklame

Hagenbeck und Kreutzberg verstehen sich auf Anhieb. Bald geht ihre Beziehung über das Geschäftliche hinaus. Gastiert Kreutzberg in Hamburg, besucht er die Familie des Tierhändlers und wird mit Kieler Bücklingen und Alsterbier bewirtet. Die Gespräche drehen sich um Bekannte und Angestellte, um Reisen und ferne Länder, um Öffentliches und Privates. Beide Männer haben ein ähnliches Temperament, sind energisch und zupackend. Auch ihre politischen Ansichten stimmen überein. Kreutzberg, ein preußischer Patriot, lässt zu besonderen Anlässen schwarz-weiß flaggen, Hagenbeck widmet seine Memoiren später Wilhelm II.

Rein äußerlich aber ähneln sich die Geschäftsfreunde kaum. Das liegt nicht nur am Altersunterschied von fast 30 Jahren. Während der 1844 geborene Hamburger zeitlebens hager ist, neigt Kreutzberg zur Fülle. Das einzige Foto des Schaustellers zeigt ein rundliches Gesicht mit Backen- und Schnurrbart. Elegant und modebewusst wirkt er auf zahlreichen Zeichnungen. Mal gleicht er einem englischen Sportsmann mit hohen Stiefeln und ledernen Hosen, mal einem Unternehmer mit Anzug und Uhr-

Gottlieb Christian Kreutzberg (1814-1874)

kette. Die gediegene Kleidung hat verschiedene Gründe. Kreutzberg, der sonst wenig auf Konvention hält, will sich herausheben. Im Unterschied zu all den Zauberkünstlern, Musikanten und Straßenhändlern ist er ein reicher Mann, einer, der es zu etwas gebracht hat.

Auch Eitelkeit spielt eine Rolle. Wenn der Menageriebesitzer wie in Breslau mit zwei Geparden spazieren geht, genießt er die Aufmerksamkeit. Zwar sind die an der Leine geführten Tiere zahm, doch wer kann das so genau wissen. Zudem ist das Ganze eine gute Reklame. Selbst eine so berühmte Menagerie füllt sich nicht von allein. Die Besucher der Jahrmärkte müssen umworben und animiert werden. Kaum hat der Wagenzug die nächste Stadt erreicht, wird Werbung gemacht. Auf Anschlagzetteln und in Zeitungsannoncen erfährt das Publikum, was es erwartet: ein spektakulärer Tierbestand, ein nie dagewesenes Abenteuer, eine sensationelle Vorstellung.

Das Übertreiben gehört zum Geschäft und Kreutzberg kennt alle Tricks. So wird der Elefant zum Riesenelefanten, und wenn er dafür zu klein ist, zum Wundertier. Am Eingang der Bude hängen zwölf meterhohe Gemälde. Unter salatgrünen Palmen tummeln sich blutrünstige Ungeheuer, phantastisch geformte Löwen, Tiger und Schlangen. Doch auch das genügt mancherorts nicht. Auf den Jahrmärkten in Frankfurt am Main, Hamburg oder Leipzig stehen die Buden dicht beieinander. Wachsfiguren- und Naturalienkabinette, Dioramen und Panoramen, Affen- und Puppentheater werben um Kunden. Da kann man sich „elektrisieren lassen", dort „seinen Schatz für sechs Pfennig im Wasser sehen". Und im Unterschied zu den meisten dieser Verlockungen ist der Eintritt in die Menagerie teuer, will der Besuch überlegt sein.
Drei bis fünfzehn Neugroschen verlangt Kreutzberg während der Leipziger Michaelismesse 1862.[1] Geld, das sauer verdient ist. Nur wenige Meter entfernt hat ein anderer Menagerist sein Quartier aufgeschlagen und auch er zeigt Außergewöhnliches: vier Giraffen und einen Afrikanischen Elefanten zum Beispiel – eine wirkliche Sensation. Das Besondere aber, der Mann mit dem klangvollen Namen Lorenzo Casanova kommt soeben aus dem Sudan, die Tiere sind von ihm selbst gefangen, teilweise zumindest, wie es einschränkend heißt.
Und so muss Kreutzberg alle Register ziehen, die Anstrengungen verdoppeln, noch eindringlicher werben als er es ohnehin tut. Der dicke Heinrich, eine bei den Schaustellern sehr bekannte Persönlichkeit, wird engagiert und zum Ausrufer bestimmt. Er hat vielleicht während der vergangenen Messe vor der Bude einer Riesendame oder eines Riesenschweins gestanden und mit Begeisterung deren Vorzüge empfohlen. Nun preist er ebenso lautstark die wilden Tiere des Schaustellers. In der „Gartenlaube", dem meistgelesenen Familienjournal der Zeit, wird die Szene

beschrieben: „Die Konkurrenz ist groß, aber die Mittel sind ihr gewachsen, und von Entmutigung kann keine Rede sein. Neben der sogleich beginnenden Vorstellung ist die Fütterung der Tiere das große Schlagwort und damit ein jeder sich überzeugen kann, dass dies kein Schwindel ist, werden die Fleischmassen herangeschleppt, und der dicke Heinrich teilt vor aller Augen die Portionen ab. Er hat aber außer seiner starken Faust eine gute Lunge und ein schmetterndes Organ, und steht daher seinen Mann als Recommandeur. Wenn ihm dabei einige Tiernamen entschlüpfen, deren Träger sich nicht mehr lebend in der Tierbude, sondern höchstens noch in der gedruckten Erklärung befinden, so ist dies nicht so streng zu nehmen, denn sie waren vor kurzem noch in der Menagerie oder könnten es doch gewesen sein und das kann leicht und ohne alle Absicht verwechselt werden. Affen und Papageien vor einer Tierbude als Lockvögel aufzustellen, scheint zu alltäglich. An Haupttagen gilt es andere Truppen ins Gefecht zu bringen. So muss denn der kleine Elefant heraus, was ohnedies den Vorteil hat, dass er unzählige Semmeln zu vertilgen bekommt. Der kleine Kreutzberg sitzt auf dem Nacken des Tieres oder auf dem Buckel des Kamels, wenn dieses zur Abwechslung die Rolle des Elefanten zu geben hat. Für den größten Effekt aber wird die große Schlange aufgespart, natürlich eine ‚Boa Constrictor'. In nicht ganz so dringenden Fällen nimmt sie der Tierbändiger auf seine kräftigen Schultern. Der Effekt aller Effekte aber ist es, wenn die schöne seit langer Zeit siebzehnjährige Schwedin den Stuhl besteigt … Ein junges Mädchen im blendenden Kostüm und in der gefährlichen Situation zu sehen, wie es von einer ‚Boa Constrictor' umwickelt, jeden Augenblick von der Schlange erdrückt und gefressen werden kann, das überbietet alles."

Wenn die schöne Schwedin mit ihrer Riesenschlange das Publikum in Aufregung versetzt, kann Lorenzo Casanova zusammenpacken. Was nützt es da, dass der Berichterstatter des Leipziger Tageblatts den Besuch der „afrikanischen Bude“ nahe legt und den Inhaber als „einen der intelligentesten und gebildetsten Menageriebesitzer“ bezeichnet. Ohnehin hätte Casanova die Tiere lieber verkauft als gezeigt, doch dies stößt auf unerwartete Schwierigkeiten. Keiner der Zoodirektoren geht auf sein Angebot ein und selbst Hagenbeck winkt schließlich ab. Zu hoch sind die benötigten Summen, zu unwägbar scheint das Risiko. So steht der ratlose Tierfänger auf dem Leipziger Rossplatz, bedrängt von der Menagerie seines Nachbarn und weiteren Attraktionen.

Rummel und Belehrung

Nach der Messe aber geschieht Ungewöhnliches. Mit ausdrücklicher Genehmigung des Stadtrats verlängert Kreutzberg seinen Aufenthalt und gibt eine Reihe von Sondervorstellungen. Auch Casanova bleibt vorerst am Platz und hält die Bude geöffnet. Ganz im Stillen sind sich die Konkurrenten einig geworden. Nicht nur die Giraffen und der Afrikanische Elefant, auch alle anderen Tiere, darunter 10 Leoparden, 13 Fleckenhyänen und ein Stachelschwein, wechseln den Besitzer. Mit einem Schlag erwirbt Kreutzberg den gesamten Tierbestand, ein großes, ein seltenes Geschäft.
Wenige Tage später verlässt die Menagerie Leipzig und fährt zur nächsten Station der Tour. Wieder wird die Riesenschlange hervorgeholt und „Parade gemacht“. Haben die Gäste bezahlt und die Bude betreten, erwartet sie ein schwach ausgeleuchteter Raum. Zwischen den aneinandergereihten Tierwagen steht der Zentralkäfig für die Dressuren. Wer Karten für den Ersten Platz besitzt, darf bis nach vorn vorrücken, die andern müssen hinter

den Absperrungen bleiben. Der scharfe Tiergeruch sticht in die Nase, scharrende Geräusche vermischen sich mit dem Kreischen der Papageien. Die beiden Elefanten schwenken ihre Rüssel, ein angeketteter Affe sitzt auf dem Balken unter der Decke. Selbst der große Löwe scheint seine Rolle zu kennen. So wie er ans Gitter tritt, geht ein Raunen durchs Publikum. Pfiffe und Rufe werden laut, irgendwer schnalzt mit der Zunge. Es ist Jahrmarkt und die Besucher wollen sich amüsieren.

Die nun folgende Explikation, die Vorstellung der Tiere, gehört zum Programm. Ein Wärter berichtet, was Löwen fressen und wie sie im Schutze der Dämmerung ihre Beute jagen. Das Kamel muss sein Maul öffnen und die Zähne zeigen, dem aus der Kiste geholten Krokodil geht es nicht besser. Nach und nach wird jede Tierart beschrieben. Die Erklärungen sind schlicht, aber wirkungsvoll. Der Explikator redet sich in Eifer, das Publikum lauscht geduldig. Nur hin und wieder kommt Unruhe auf. Als ein Angestellter Kreutzbergs bei klirrender Kälte erklärt, der Eisbär müsse mehrere Male am Tag mit Wasser begossen werden, sonst könne er dieses Klima nicht aushalten, fangen die frierenden Zuschauer an zu lachen.

Dabei ist das Kreutzbergsche Unternehmen seriöser als viele andere. Auch wenn die Wärter einiges ausschmücken, dem Fabulieren sind Grenzen gesetzt. Das zu den Vorstellungen verkaufte Heft enthält Angaben über die gezeigten Tierarten und informiert über deren Gewohnheiten. So können die Besucher das Gehörte noch einmal nachlesen. Von den rund 50 Wandermenageristen, die in der zweiten Hälfte des 19. Jahrhunderts durch Deutschland reisen, leisten sich die wenigsten den Druck einer solchen Broschüre. Stattdessen baut mancher auf die Unwissenheit der Besucher. Vor allem in den kleineren Tierbuden erleben die Zuschauer erstaunliche Verwandlungen. Resolut wird über wichtige Details hinweggegangen oder wild drauflossspekuliert. So entpuppt sich der versprochene Vampir als Flughund und ein brasilianischer Hase als gewöhnliches Kaninchen. Der Grund für die falschen Angaben liegt nicht allein bei den Menageristen. In Journalen und Zeitungen, ja selbst in naturhistorischen Büchern stehen oft Schauergeschichten. Die Kenntnisse über exotische Tiere entwickeln sich erst allmählich und finden nur langsam Gehör. In der Schule wird das Fach Zoologie kaum unterrichtet und die Professoren an den Universitäten beschäftigen sich mehr mit den toten als mit den lebenden Kreaturen. Zoologische Gärten aber gibt es in Deutschland erst wenige, 1871, zum Zeitpunkt der Reichsgründung, nicht mal zwei Dutzend.

Auch die Leipziger sind auf die Jahrmärkte angewiesen, wollen sie Löwen oder Elefanten zu Gesicht bekommen. Ein solches Tier zu sehen, es sogar zu berühren, ist ein großes Erlebnis. Nur so wird Bücherwissen lebendig, gewinnen die Bilder an Stärke. Eine gute Zeit für Beobachtungen sind die Vormittagsstunden. Wer Interesse und das nötige Geld hat, kann für die Dauer des Aufenthalts abonnieren. In Stuttgart nutzen um die Jahrhundertmitte über 60 Personen das Angebot. Zu den Vorstellungen selbst erscheinen Bürgersöhne und Bauern, Handwerker und Arbeiter, Männer und Frauen, dazu viele Kinder, ja ganze Schulklassen. Kündigt sich ein hoher Herr oder Würdenträger an, empfängt ihn der Chef persönlich. Der Gast zahlt dann nach Belieben, meist freigiebig und standesgemäß.

Zu denen, die Kreutzberg in Leipzig besuchen, gehört der Maler Heinrich Leutemann. In bebilderten Artikeln und Reportagen hat er die Tiere beschrieben. Lange schon steht er mit dem Schausteller auf vertrautem Fuß, ist er ein gern begrüßter Gast. Kreutzberg weiß, dass die in der „Gartenlaube“ abgedruckten Beiträge überall in Deutschland gelesen werden. Leutemann wiederum schätzt die Vielzahl der gebotenen Motive. Immerhin besitzen die großen Wandermenagerien häufig mehr Tiere als die zoologischen Gärten. Einen Afrikanischen Elefanten hat man in Europa seit 200 Jahren nicht gesehen und auch Giraffen werden selten gezeigt.

Die siebzehnjährige Schwedin

Auf einer der Zeichnungen Leutemanns erkennen wir eine dramatische Szene. Zwischen Löwen und Hyänen steht eine junge Frau, eine Dompteuse. Mit Mühe nur scheint sie die erregten Tiere in Schach zu halten. Zu allem Überfluss sitzen zwei Bären im Hintergrund, thront ein gewaltiger Löwe auf einem Podest. Nur Kreutzberg blickt still, fast teilnahmslos auf den Betrachter. Obwohl ihn der Maler an den Rand des Bildes gerückt hat, konzentriert sich das Interesse auf ihn. Seine gelassene Art schafft Vertrauen und beruhigt die gespannten Nerven.

Bis zu drei Vorstellungen gibt der Schausteller täglich. Sie sind der Glanzpunkt des Programms. Wer das Publikum beeindrucken und sich selbst nicht gefährden will, braucht Mut und Erfahrung. Im Verlauf der Touren arbeitet Kreutzberg mit verschiedenen Dompteuren zusammen. Vertraut man den Ankündigungen, so stammt der „kühne Monsiniuer Angelow“ aus Venedig, während ein „Mister Lettow“ aus Boston anreist. Auch die Familie des Menageristen beweist Courage. Seine erste Frau dressiert Hyänen und Leoparden, die Söhne Theodor und Karl-Friedrich zeigen zwei Löwennummern.

Immer wieder engagiert Kreutzberg weibliches Personal. Zunächst die Tochter eines dänischen Zauberkünstlers, dann die Sängerin Cäcilie Nikolai aus Stockholm. Nichts, das weiß der Schausteller aus Erfahrung, wirkt auf das Publikum so faszinierend. Eine junge Dompteuse zwischen den Bestien – dieses Rezept hat sich noch immer bewährt. Sei es nun, dass Kreutzberg den Schwedinnen eine besondere Attraktivität zubilligt, sei es aus lieber Gewohnheit, der Auftritt einer „siebzehnjährigen Schwedin“ scheint für lange Zeit unverzichtbar. Selbst die eigene Tochter Emilie tritt als schwedische Schönheit in die Arena. Ihre Karriere endet erst, als sie von einer Hyäne in den Arm gebissen wird und verletzt in Leipzig zurückbleiben muss.

Über Jahre betreibt der Schausteller die „zahme Dressur“. „Nicht durch Brutalität, sondern durch sanfte Behandlung und größte Sorgfalt“ sollen die Tiere Gehorsam lernen. Idyllische Szenen werden entworfen, das Publikum erlebt Sentimentales. Kreutzberg lässt sich von einer Löwin ein Stück Fleisch aus dem Munde nehmen, seine Frau posiert als „Schäferin in der Wüste“. Beim „Afrikanischen Nachtmahl“ aber kommen die Arten scheinbar freiwillig zusammen, sitzt der Löwe neben dem Bären und der Hyäne.

Nach 1863 ändert sich das Programm. Getrieben von der Peitsche des Dompteurs fliehen die Tiere an die Gitterstäbe. Ihr natürlicher Abwehrreflex erzeugt Dramatik und Spannung, wird zum Nervenkitzel des Publikums. Eine solche Szene hat Leutemann festgehalten. Der große Löwe auf dem Podest ist dressiert, seine hinzugekauften Artgenossen sind es nicht. Rund 3500 Taler waren dem Schausteller die sieben halbwüchsigen Tiere wert, die er in Leipzig und anderswo vorführt. Am Ende jeder Vorstellung aber setzt die Elefantenkuh Pepita einen versöhnlichen Schlusspunkt. Mit kleinen Kunststücken bringt sie die Besucher zum Lachen.

Dass bei vielen Vorführungen auch Klamauk im Spiel ist, beweisen die Zeitungsberichte. So heißt es über die Dressur eines Löwentigers: „Auf Kreutzbergs Kommandowort wird sich dieses mächtige Tier zu Boden werfen und dann wieder aufstehen; mehrmals durch Reifen, über Stöcke, ja sogar über einen Stroh-

Die junge Schwedin mit ihren Schülern, Holzstich von Heinrich Leutemann, 1864

halm springen, und schließlich die deutlich zu verstehenden Worte ‚Papa', ‚Mama' und ‚Großmama' hervorbringen, was noch bei jedem Zuschauer höchstes Staunen erregt hat."
Bevor die Besucher den Raum verlassen, erleben sie die Fütterung der Raubtiere. Kreutzberg gehört zu den wenigen Menageristen, die auch lebende Kaninchen und Hühner als Futter verwenden. In manchen Städten ist das verboten und überhaupt stößt es zunehmend auf Widerstand. Reicht es doch, wenn die Großkatzen über das Schlachtfleisch herfallen und blutige Fet-

zen abreißen. Noch einmal schaudert das Publikum, wird ihm der Wagemut der Dompteure bewusst gemacht.
Für Kreutzberg und seine Assistentinnen gehört der Umgang mit Löwen, Hyänen oder Bären zum Alltag. Sie kennen den Charakter der einzelnen Tiere und wissen, worauf es ankommt. „Ich lasse die älteren in Ruhe, ich spiele mit den spielerisch veranlagten. Ich werde ihr Freund, weil sie Angst haben, ich könnte ihr Feind sein", – so formuliert es ein Kollege, der berühmte Henri Martin. Im Gegensatz zu Menschenaffen oder anderen

Problemfällen benötigen Löwen keine ungewöhnlichen Haltungsbedingungen und können in den Menageriewagen ein hohes Alter erreichen. Einige von ihnen sind sogar in den Käfigen zur Welt gekommen und Dresdner oder Braunschweiger von Geburt. Auch die aus der freien Natur stammenden Tiere wurden als Halbwüchsige nach Europa gebracht. Für sie ist der Mensch ein Teil ihres Lebens, vertraut und für gewöhnlich berechenbar.

„Der Löwe wird so vollkommen zahm wie ein Pudel“, schreibt der Leipziger Gymnasiallehrer Anton Reichenbach 1873. Zugleich aber warnt er vor Leichtsinn. Gefährlich nämlich bleibt die Arbeit eines Dompteurs allemal. Mehrfach entgeht Kreutzberg nur knapp einer Katastrophe, melden die Zeitungen Unfälle. In Hamburg entweicht eines der Tiere und muss getötet werden. Kreutzbergs Sohn Theodor kann sich nach einer Attacke gerade noch aus dem Käfig retten und trägt schwere Bisswunden davon.

Neue Pläne und Aufregungen – die letzten Jahre

Um 1865 zeichnet sich eine Veränderung ab, verschwindet die Menagerie aus dem Blickfeld der Öffentlichkeit. Die Aufregungen der letzten Jahre haben Kraft gekostet, Kreutzberg ist müde geworden. Was hat er nicht alles erlebt: den Verlust wertvoller Tiere, den Diebstahl der Tageskasse, sogar einen Mordanschlag. Auch wenn er längst im Hotel wohnt, das Reisen fordert Tribut. Zwei der Söhne ziehen nun mit eigenen Unternehmen durch die Welt, zu Hause in Reichenbach warten die Frau und die jüngeren Kinder. Hier, in der sächsischen Kleinstadt, gilt er als „Bürger und Handelsmann“ – nicht wenig für einen Schausteller. Und dennoch, ein ruhiges Leben scheint ihm nicht vorbestimmt. Selbst als er sich entschließt, die Menagerie zu verkaufen, gibt es Komplikationen. In seinen Memoiren hat Carl Hagenbeck, der alte Geschäftsfreund, diese Episode beschrieben: „Eines Tages erhielt ich einen Brief vom alten Kreutzberg aus Frankreich, in welchem er mir mitteilte, dass er seinen Tierbestand veräußern wolle. Ich möge nach Lüttich kommen, wo er selbst in einigen Tagen mit seinen Tieren eintreffen würde. An einem schönen Herbstage reiste ich also nach der alten Wallonenstadt, traf Kreutzberg am Bahnhof und fuhr mit ihm nach der Station Chéné, wohin er seine Tiere dirigiert hatte. Sie waren aber noch nicht da und wir hatten in Chéné zu übernachten. In aller Herrgottsfrühe wurden wir aber durch einen Menageriewärter aus dem Schlaf getrommelt und erfuhren die Schreckensbotschaft, dass ein Wagen des Tierzuges sich im letzten Tunnel als zu hoch erwiesen hatte, mit dem Dach an die Tunnelwölbung gestoßen war und in Trümmer gegangen sei. In diesem Wagen befand sich ein Elefant. Glücklicherweise besaß dieser Dickhäuter ein seinem Fell entsprechendes Phlegma, denn als wir auf der Unfallstelle ankamen, sahen wir ihn ganz ruhig zwischen den Trümmern stehen und ein Bündel Heu verzehren, welches man ihm vorgeworfen hatte."

Kreutzberg hält es nur kurze Zeit als Privatmann aus. Schon 18 Monate nach dem Verkauf des Unternehmens erwirbt der Schausteller eine neue Menagerie und beginnt eine Russlandtournee. Ob er sich wirklich – wie gelegentlich behauptet – mit dem Gedanken trägt, in Gent einen zoologischen Garten zu gründen, ist nicht überliefert. Überhaupt fließen die Nachrichten nun spärlicher. Im Herbst 1872 gastiert der Schausteller noch einmal in Leipzig. Wiederum steht seine Bude auf dem Rossplatz, umgeben von Karussells, „fliegenden Restaurants" und „photographischen Ateliers". Die Ankündigungen in der Tagespresse ähneln einander. Von den „schönsten Löwen der Welt", den

„größten Königstigern Asiens“, von Antilopen und Affen, von Vögeln und Schlangen war oft und nicht nur in Leipzig die Rede. In „dem eigens gebauten Theater“, einem Zentralkäfig, werden drei Vorstellungen täglich geboten, sind gemischte Raubtiergruppen und der „weiße abessinische Elefant“ zu sehen. Kreutzberg gastiert bis Mitte Oktober, dann fährt er weiter zum Bremer Freimarkt und später ins Winterquartier nach Kassel. Hier, an der Fulda, bricht die Spur ab. Irgendwann in den nächsten Monaten muss der Schausteller auch diese, seine letzte Menagerie veräußert haben. Als Kreutzberg im April 1874 Leipzig besucht, wird es ein Abschied für immer. Einst kräftig und voller Energie, schleppt er sich jetzt dahin. Vielleicht ist ihm sein legendärer Appetit zum Verhängnis geworden, vielleicht hat die Krankheit andere Gründe. In den Büchern der Herberge zum „Braunen Ross“ sind die Namen und Berufe aller Gäste vermerkt. Am 6. Mai nimmt ein weiterer Schausteller in der Windmühlengasse Quartier: Gottlieb Kallenberg aus Metten. Er – so erfahren wir aus den Quellen – hat das Unternehmen nunmehr erworben.[2]

Vorerst jedoch überstürzen sich die Ereignisse. Aus Görlitz reisen die jüngeren Söhne an, darunter Albrecht, ein sechzehnjähriger Gymnasiast. Die Einträge in den Gästebüchern verraten die ganze Aufregung dieser Tage, immer mehr Familienangehörige kommen zusammen. Helfen können sie dem alten Schausteller nicht, nur bei ihm sein, als er stirbt. Von der Trauerfeier am 2. Juni 1874 gibt es keine Überlieferung. Niemand weiß, wie viele Gäste erschienen sind und wer dem Leichenzug folgt. Ein Jahr später aber wird der steinerne Löwe über dem Grab aufgestellt: Mit erhobenem Haupt, den Blick in die Ferne gerichtet. In Erinnerung an Johann Gottlieb Kreutzberg und die große Zeit der Wandermenagerien.

Der Löwenwärter Hermann Fischer

Auf der Suche nach Arbeit

Zehn Jahre nach Kreutzbergs Tod beginnt eine andere, nicht weniger erstaunliche Geschichte. Auch sie erschließt sich nur mühsam, ist nie erzählt worden. Und wieder steht eine Reise an ihrem Anfang, führt uns der Weg nach Leipzig. Hier, im Dresdner Bahnhof, steigt Friedrich Hermann Fischer am 16. Juli 1884 aus dem Zug. Der junge, kräftig gebaute Mann verlässt das Gebäude, läuft an der Eilgut-Expedition vorbei und biegt in der Bahnhofsstraße nach rechts. Alles an diesem Ort ist ihm fremd; die hohen Häuser und die Wagen der Pferdebahn, die Kutschen und Karren, das Durcheinander der Menge. Immer wieder bleibt er stehen, zögert, schaut den Vorübereilenden hinterher. Der erste Eindruck setzt sich fest, die Stadt bereitet ihm Unbehagen. Und doch muss er sich nun zurechtfinden, Arbeit und Unterkunft suchen. Dabei hilft ihm ein älterer Bruder, der schon länger in Leipzig wohnt. Nacheinander wird Fischer Kleinknecht bei einem Bauern, Heizer im städtischen Gaswerk und Stallbursche bei der Pferdebahn. Eine ständige Adresse hat er nicht, schläft, wo es sich ergibt, auf dem Dachboden und zur Miete bei armen Leuten.

Das Schicksal des jungen Mannes ist kein Einzelfall. Zu Abertausenden zieht es die Bauernsöhne in die wuchernden Städte, in die rasch wachsenden Industriebetriebe. Was sonst bleibt ihnen übrig, wenn die Familien zu groß werden und das Land nicht mehr alle ernährt. Rund 220 Bewohner zählt Fischers Geburtsort Bernbruch in der Nähe von Grimma. Eine enge und fest gefügte Welt, die sich schnell überblicken lässt. Hinter den Bauernhöfen liegt die einfache Kirche, daneben das Schulgebäude. Auch Friedrich Hermann, das fünfte von zehn Kindern, hat hier das Nötigste gelernt, mit „befriedigendem Erfolg", wie es abschließend heißt. Zupacken aber kann er, arbeitet als Knecht, dient verschiedenen Herren. An den Feiertagen geht er zum Tanz und zeigt sich spendabel. Bald schon hat Fischer Schulden, ein Grund mehr, das Dorf zu verlassen und nach Leipzig zu ziehen.

Auch in der Stadt sind die Arbeitstage lang, dauern 12 oder 14 Stunden. Das ist im Depot der Pferdebahn nicht anders als in den Hallen des Gaswerks. Für den Bauernsohn allerdings bedeutet es einen Unterschied, ob er Kohlen schippt oder im Stall steht. Mit Pferden kennt er sich aus, mit Tieren kann er gut umgehen. Der Stallmeister sieht es und behält ihn zur Probe. Tag für Tag putzt der Zweiundzwanzigjährige nun die Boxen, füttert Hafer und Heu, hört einfach weg, wenn sein Chef, ein ehemaliger Kavalleriewachtmeister, über den Hof brüllt. Eines Abends aber plagen Fischer Kopfschmerzen, am nächsten Morgen kommt er kaum aus dem Bett. Der hinzugerufene Arzt stellt Unterleibstyphus fest, eine Krankheit, die mit hohem Fieber einhergeht.

Und damit nicht genug: Wochenlang fühlt Fischer sich elend, magert ab, kann nur mit Mühe reden. Schließlich erkranken auch seine Wirtsleute. Der Mann der Familie stirbt, die Frau steht mit den Pflegekindern allein da. Eine schwierige, eine bedrohliche Situation. Auguste Ernestine Köhler, die uneheliche Tochter der Armenhaus-Aufseherin zu Rochlitz, macht das Beste daraus. Energisch und zupackend hält sie den Kranken im Hause, päppelt ihn auf, bis er freiwillig bleibt. Wen stört es, dass sie fast doppelt so alt ist wie Fischer, ein junger Mann und eine lebenserfahrene Frau. Warum er sich bindet und was die

beiden einander bedeuten, steht nirgends geschrieben. Sentimentalitäten und Liebesschwüre, Geturtel und Artigkeiten dürfen wir nicht erwarten. Immerhin, die Beziehung hält und am 17. Oktober 1885 wird in der Friedenskirche geheiratet.
Zum Zeitpunkt der Hochzeit arbeitet Fischer bereits im Zoologischen Garten. Seine Frau hat ihn hier untergebracht, beim Direktor des Gartens nachgefragt. Sie selbst verdient ihr Geld seit drei Jahren im Zoo, wienert den Boden der Käfige, scheuert die Dielen der Gastwirtschaft.

Der Zoologische Garten

Fischers neuer Arbeitsplatz befindet sich am Rande des Rosentals, ein paar hundert Meter vom Zentrum der Stadt entfernt. Das älteste Ausflugsgebiet der Leipziger ist auch das bekannteste. Der Ort liegt den Bürgern am Herzen und wird von vielen Autoren beschrieben. „Zu den ländlichen Vergnügungen gehören die Spaziergänge ins Rosental“, heißt es im Leipziger Tageblatt. „Das liebliche Gelände zwischen der Pleiße und der Elster bildet den kleineren Teil eines sich bis an die Saale fortziehenden Laubholzwaldes, welcher besonders zwischen Leipzig und Gohlis mit Alleen, Spaziergängen und großen Wiesen versehen ist. Auf ihnen trifft man während der Sommermonate Gesellschaft vom vornehmsten bis zum geringsten Einwohner an. Die Gegenden und Aussichten desselben sind so verschieden und so mannigfaltig reizend, dass jeder Erdensohn und jede Schöne einen ihrer Gemütsstimmung angemessenen Ruheplatz finden können.“
Hier also, in dieser idyllischen Landschaft am Zusammenfluss von Parthe und Pleiße, liegt der Zoologische Garten. Lange hatten die Leipziger auf einen eigenen Zoo warten müssen, die

sächsische Landeshauptstadt um den ihren beneidet. Mehrere Gründungsinitiativen waren im Sande verlaufen und vor allem an der Finanzierung gescheitert. Erst 1878 gelingt der entscheidende Schritt. Die Umstände sind überraschend und mit dem Lebenswerk eines Einzelnen verbunden. Ernst Wilhelm Pinkert – so der Name des Mannes – passt in kein vorgefertigtes Schema. Nicht Zoologe, sondern Gastwirt ist der Gründer des Zoos, nicht Bildungsbürger, sondern Volksschulabgänger. Er, der seit Jahren am Rande des Rosentals ein kleines Ausflugslokal betreibt, beschert den Messestädtern die ersehnte Attraktion. Wie geschickt der gebürtige Lausitzer dabei vorgeht, immer neue Höhepunkte ersinnt, den Garten vergrößert und ausbaut, begeistert selbst Skeptiker. Der Erfolg gibt ihm Recht, auch wenn die Mittel oft knapp werden.

Als Pinkert und Fischer das erste Mal aufeinander treffen, gilt der Zoo schon als sehenswert. Aus der ehemaligen Schafswiese hinter der Gaststätte hat sich ein stattliches Anwesen entwickelt. Dreieinhalb Hektar umfasst das Gelände, knorrige Eichen umrahmen es. Ein Weiher, zwei Pleißebrücken und der Rundweg erinnern an einen Landschaftspark. Die benachbarte Fabrikanlage aber verschwindet zwischen den Bäumen, fällt kaum ins Gewicht. Wer von der Stadt in den Zoo will, läuft über die Pfaffendorfer Straße und dann an den Ställen entlang. Die Leipziger Fleischer betreiben hier einen Fettviehhof, halten Schafe, Schweine und Ochsen. Ein repräsentativer Eingang ist das nicht; es riecht nach Gülle und Mist, der mit Feldsteinen gepflasterte Hof wirkt unaufgeräumt. Wer dagegen vom Rosental kommt, hat alle Annehmlichkeiten auf seiner Seite. Nach einem kurzen Spaziergang durch den Wald öffnet sich das Tor zum Zoologischen Garten.

Hinter dem Eingang führt ein breiter Kiesweg nach links und gibt den Blick auf die Anlagen frei. Kaum vorstellbar, wie sich der Zoo zu jener Zeit präsentiert hat. Weder der Bärenzwinger noch die Schmuckvogelvolieren, weder die Stachelschweinhöhle noch der Affenpavillon haben die späteren Umbauten überdauert. Selbst das Herzstück des Geländes, das Alte Raubtierhaus, existiert nur noch in der Erinnerung. Rund 200 Säugetiere in 60 Arten sind Mitte der achtziger Jahre im Garten untergebracht, dazu Vögel und Süßwasserfische. Seit 1881 besitzt Pinkert eine Indische Elefantenkuh, den schwergewichtigen Liebling der Leipziger. Fast zärtlich wird die Ankunft des Tieres kommentiert, jeder seiner Schritte von der Presse beobachtet. Denn auch das unterscheidet die zoologischen Gärten von den umherziehenden Menagerien: ein treues, ein wiederkehrendes Publikum.

Das erste Raubtierhaus

Fischers Dienstbeginn verläuft unaufgeregt. Der junge Mann muss zu Kräften kommen, wiegt gerade noch 60 Kilo. Zunächst wird er Gartenarbeiter, bald darauf versorgt er die Hirsche. Gegen Ende des Jahres fragt ihn der Direktor, ob er sich eine andere Arbeit zutrauen würde. Er mache alles, soll Fischer geantwortet haben. Und so wechselt der Neuling ins Raubtierhaus, geht hier dem Wärter zur Hand.[3] Mehrfach schon hat er bei der Fütterung zugeschaut, zuweilen auch ausgeholfen. Jetzt soll er lernen, Fleisch zu zerlegen und Portionen abzuschätzen, die Tiere umzusperren und ihre Käfige sauber zu halten.

Das Raubtierhaus ist erst vor kurzem erweitert worden, misst 24 Meter in der Länge und 12 Meter in der Breite. Zehn Innen- und sieben Außenkäfige bieten Platz für Löwen und Tiger, für Leoparden und Pumas, für Wölfe und Hyänen. Die Galerie der Sommerkäfige zeigt nach Westen, die Besucherhalle ist von der Stirnseite zugänglich. Für die gesamte Anlage soll das Dresdner

Seiten-Ansicht.

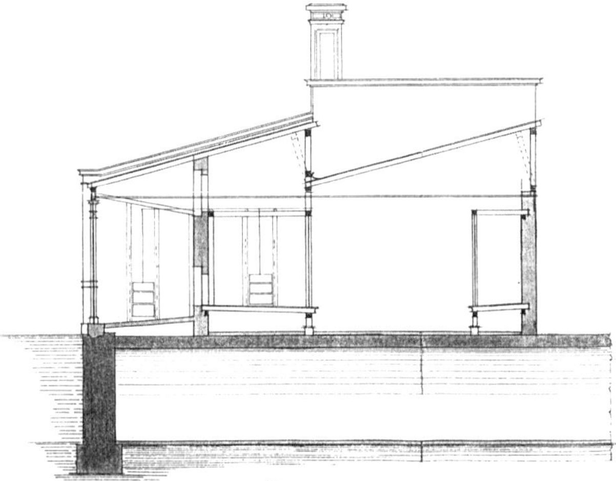

Querschnitt.

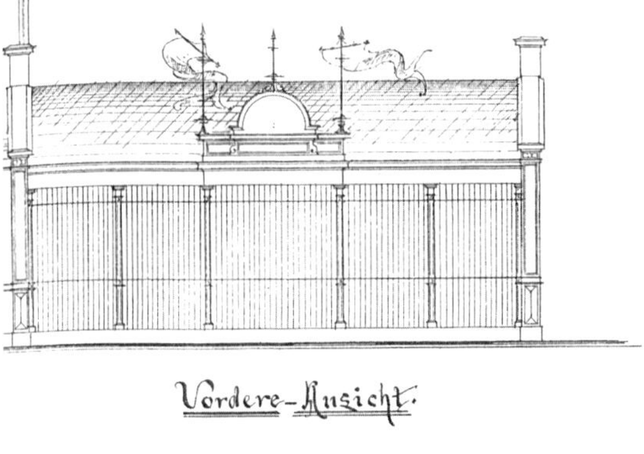

Vordere-Ansicht.

Pläne für das Alte Raubtierhaus, 1878

Raubtierhaus Pate gestanden haben; beweisen lässt sich das nicht. Ein Blick in die Bauakten enthüllt vorerst nur eines, die Unsicherheit der Behörden. Noch in der Bauphase verändern sie die Sicherheitsbestimmungen und beschließen weitere Auflagen. Die Dicke der Käfigstangen, die Art der Bolzen und Schrauben, der Abstand zwischen den Gitterstäben – alles wird festgeschrieben. Wie in Dresden und anderswo überschätzen die Beamten das Maß der Gefahr, wollen sie Risiken vermeiden.

Auch die Journalisten neigen zu Übertreibungen. Ein „colossales Löwenhaus" besitzt der Zoo erst nach der Jahrhundertwende. Verglichen mit ähnlichen Anlagen in Berlin oder London wirkt das kleine Gebäude bescheiden. Die Käfige sind mit Holzböden ausgestattet, zwei Kanonenöfen spenden Wärme. In der kalten Jahreszeit kommen transportable Tierunterkünfte hinzu, schrumpft der Platz für das Publikum. Papageien und Affen, selbst Stachelschweine verbringen die Wintermonate in dieser Umgebung, eine lärmende Gesellschaft mit gehobenen Ansprüchen.

Hier also geht Fischer nun seiner Arbeit nach. Es ist ein harter Dienst und ein unangenehmer dazu. Der alte Raubtierwärter fühlt sich herausgefordert, fürchtet die Konkurrenz. Wenn Fischer im Schlachthaus erscheint, um das Fleischschneiden und das Portionieren zu lernen, verlässt er den Raum. Sogar handgreiflich werden die Männer; die Lage gerät außer Kontrolle. Zum Glück stellt sich Pinkert hinter den Gehilfen, ermuntert ihn weiterzumachen. Über die Ursachen der Unterstützung können wir nur spekulieren. Ungehobelt und selbstbewusst soll der bisherige Wärter gewesen sein. Als er sich weigert, in der Gegenwart des Direktors die Zigarre aus dem Mund zu nehmen, kommt es zum offenen Streit. Der seit Jahren im Zoo beschäftigte Mann wird entlassen und Hermann Fischer übernimmt das Revier.

Jeder Zoo muss Löwen und Elefanten haben, in allem Übrigen besteht Toleranz. So sehen es die Besucher und so sieht es auch Ernst Wilhelm Pinkert. Schon am Eröffnungstag des Gartens zeigt er ein Löwenpaar. Der Preis für die Großkatzen beläuft sich auf 3600 Mark – eine beträchtliche Summe. Schnell erweist sich, dass Pinkert klug kalkuliert hat. Immer wieder berichten die Journalisten von der „majestätischen Schönheit der Tiere", vom „Ebenmaß ihrer Glieder", vom „donnernden Grollen", welches nun aus dem Raubtierhaus dringt. Die Begeisterung entspricht den Erwartungen, den Bildern, von denen die Leser erfüllt sind. Auch im letzten Drittel des 19. Jahrhunderts gilt der Löwe als König der Tiere, als machtvoller und unumschränkter Despot.

Zwischen den Tieren im Zoo und in der freien Natur wird damals kaum unterschieden. Selbst wenn die Löwen nur träge herumliegen, zweifelt niemand an ihrer Gewalttätigkeit. Was für ein Wagnis, sich ihnen zu nähern, welcher Mut, in dieser Um-

Fachwerkgebäude mit der Wohnung des Ehepaars Fischer, um 1890

gebung zu arbeiten. So schauen die Besucher dem Neuen über die Schulter, beobachten ihn mit Respekt. Wie Fischer seine erste Begegnung mit den Großkatzen empfunden hat, wissen wir nicht. Ihre machtvolle Gegenwart wird ihn beeindruckt und vielleicht auch geängstigt haben. Zum Nachdenken aber bleibt wenig Zeit. Fast siebzig Raubtiere und eine Vielzahl von Affen müssen versorgt werden, stets warten zahlreiche Aufgaben.
Der Tagesablauf des Wärters ist klar geregelt, beginnt im Winter mit dem Heizen der Öfen und im Sommer mit dem Säubern der Käfige. Das ganze Leben spielt sich im Zoologischen Garten ab, von früh bis spät arbeitet Fischer auf dem Gelände. Mit der grünen Mütze und dem gezwirbelten Schnurrbart, den hochgekrempelten Ärmeln und der von Trägern gehaltenen Hose erkennen ihn die Besucher von weitem. Familienväter suchen das Gespräch, Journalisten bitten um Auskunft. Im Frühjahr 1888 räumen die Fleischer den benachbarten Fettviehhof. Direkt neben dem Eingangstor bezieht das Ehepaar nun eine winzige Wohnung, genug Luxus für zwei, die keine Ansprüche stellen.
Wenn Fischer den Zoo in Zukunft verlässt, dann selten aus freien Stücken. In Leipzig kennt er kaum mehr als einige Bierstuben und den Weg zum städtischen Schlachthof. Hier, im Südosten der Stadt, kauft der Raubtierwärter Kadaver und Pferdefleisch, Rinderhälften und Innereien. Dass die Gesundheit der Großkatzen von der richtigen Fütterung abhängt, ist eine Binsenweisheit. Doch was und wie viel die Tiere vertragen, steht nirgends geschrieben. Fischer hat keinen Lehrmeister und muss sich sein Wissen erarbeiten. Bald merkt er, dass viele Rationen zu reichlich ausfallen und setzt die Mengen herab.
Die Fütterung selbst zählt zu den Attraktionen des Gartens: „Nichts funktioniert genauer als der Magen der Bestien“, berichten die Leipziger Nachrichten. „Wenn die Erregung unter

Hermann Fischer mit einem Pferdegespann des Leipziger Zoos, um 1905

dem vierbeinigen Gesindel den Höhepunkt erreicht, wenn die ganze Kolonne wie auf Kommando ihre Augen nach links richtet, wenn sie fauchend und brüllend an die Gitter springt, kann man darauf schwören, dass es 5 Uhr geschlagen hat. Und knarrt endlich die Tür, bis zu welcher der Transportschlitten mit den riesigen fleischbedeckten Servierbrettern geschleift wurde, so ist der Moment entfesselter Leidenschaft gekommen. Schon hält der Wärter das Fleisch an den Gitterstäben nach oben, schon erhebt sich der Löwe dumpf grollend auf die Hinterbeine, um mit seinen mächtigen Pranken den Batzen nach innen zu reißen."

Die turbulente Szene ist mit Kosten verbunden und nicht das gesamte Futter kann eingekauft werden. Aus diesem Grund besitzt der Zoo ein eigenes Schlachthaus, wiehern neben dem Hundezwinger die Pferde. Beim Schlachten gehen die Wärter einander zur Hand und auch Fischer greift dann zum Messer. Die Panther und Junglöwen erhalten das frische Blut, die Leber wird in Stücke geschnitten, ebenso die Lunge und das Zwerchfell, die Nieren und der Schlund. Der Darm muss gereinigt und

zerlegt werden, das Fleisch hängt kurze Zeit später am Haken. Die Arbeit verläuft zügig, die meisten Männer haben Routine. Manchmal werden sie zu einem Fuhrunternehmer oder Bauern gerufen und erledigen das Geschäft noch vor Ort. Pferde sind Massenware, gutes und billiges Fleisch.
Einmal alle acht Tage setzt Fischer das Raubtierhaus „unter Wasser", spritzt mit einem Gartenschlauch in die Ecken, scheuert die langgezogene Halle. Nur so wird das Gebäude sauber, entsteht die notwendige Luftfeuchtigkeit. Viele Käfige werden täglich gewischt und manchmal auch ausgekratzt. Wie Pech klebt der getrocknete Kot der jungen Hyänen an den Holzböden, scharf riecht es nach Exkrementen. Allein schafft der Wärter die Arbeit nicht, ein Gehilfe geht ihm halbtags zur Hand. Pinkert kann zehn Dinge auf einmal verlangen, Fischer merkt sie sich ohne Probleme. Noch nach Jahren kennt er jeden Vorfall in seinem Revier, hat er dutzende Beispiele parat. Es ist dieses erstaunliche Gedächtnis, dem wir unsere Informationen verdanken: Erinnerungsprotokolle, in Stichpunkten notiert, in ein Oktavheft geschrieben, von Karl Max Schneider, dem späteren Zoodirektor.

„Nur nichts ausmalen"

„Sie können hundert Inspektoren anstellen und trotz aller Aufsicht werden die Tiere nicht so gepflegt wie von einem Wärter, der seine Sache mit Liebe macht", bemerkt Fischer zu einem Bekannten. Und tatsächlich ist ihm der Umgang mit Tieren von klein auf vertraut, gehört er zu seinem Leben. Bereits als Junge hat Fischer Ziegen gehütet, als Knecht die Ochsen über den Acker geführt. Und wie ein Bauer unterscheidet er zwischen „nützlichen und überflüssigen", zwischen „guten und schlechten Tieren“. Fuchsteufelswild kann er werden, wenn das Fleisch für die Löwen nicht ausreicht und auch die Raubvögel des Zoos Futter beanspruchen.

Der Umgang mit Großkatzen verlangt Umsicht und Konzentration. Zuweilen unterschätzt Fischer die Gefahr, verkennt für Sekunden die Situation. Ein Schwarzer Panther reißt ihm den Arm auf, seine Lieblingslöwin das Handgelenk. In einer Zeit ohne ausreichenden Impfschutz ist das doppelt gefährlich. Elf Wochen laboriert Fischer an einer Blutvergiftung, hervorgerufen durch Affenbisse. Mit Samaritersalbe und kalten Umschlägen kuriert sich der Kranke selbst, nimmt die Verletzungen ohne zu murren. „Nicht denken, nur nicht denken. Sobald man sich was ausmalt, wird nischt“, erzählt er seinem Chronisten. „Früh stehst de auf, drinkst deinen Kaffee und nachher guckst de nach den Tieren. Fütterst, siehst, ob alles richtig ist. Und wenn der Feierabend kommt, isst de dein Abendbrot und gehst schlafen. Wenn sich schon jemand was ausmalt und zittert und nachdenkt, da hab ich gleich die Nase voll.“

Ein Wärter, davon ist Fischer überzeugt, muss sich einordnen können und die Natur akzeptieren. In einem Betrieb wie dem Zoo passiert ständig Neues und gerade dann, wenn es niemand vermutet. Gestern noch war der Wollaffe am Leben, heute liegt er tot am Boden. Warum, weiß auch Fischer nicht; manches bleibt rätselhaft. Und trotzdem tut es ihm weh, wenn ein Tier stirbt oder verkauft wird. Solche Tage sind schlechte Tage. Nicht selten werden mehrere Junglöwen auf einmal verschickt, stehen die Transportkisten bereits am Morgen im Raubtierhaus. Gemeinsam mit seiner Frau hat Fischer die Tiere großgezogen, jetzt heißt es Abschied zu nehmen.

Was dem einen Kummer bereitet, macht dem anderen Freude. Für Ernst Pinkert ist der Verkauf von Löwen ein hervorragendes Geschäft. Erwachsene Tiere mit dunkler Mähne können schnell 2000 Mark kosten. Hinzu kommt der Werbeeffekt für den Zoo. Spielende Löwenkinder sieht jeder gern, die „Familienidylle" weckt Emotionen. So selten, wie es die Meldungen vermuten lassen, sind in Europa geborene Löwen allerdings nicht. Bereits vor der Eröffnung der Pfaffendorfer Anlagen sorgen die zoologischen Gärten von Liverpool oder Dresden mit ihren Erfolgen für Schlagzeilen. Im Sommer 1886 – Fischer hat gerade im Raubtierhaus angefangen – veröffentlicht die Königliche Akademie Irlands einen Bericht über die Löwenzucht des Dubliner Zoos. Fast 120 Tiere sind hier in einem Vierteljahrhundert zur Welt gekommen – eine stolze Bilanz. Selbst Wandermenageristen wie Robert Daggesell oder Dompteure wie Julius Seeth können die Großkatzen züchten und für gutes Geld weiterverkaufen.

Verständlich, dass auch Ernst Pinkert an dem Geschäft teilhaben will und sich früh um ein Zuchtpaar bemüht. Im Berliner Zoo, wo er die Tiere erwirbt, gibt es zwar Ratschläge, doch keine Erfolgsgarantie. Und so muss der Direktor Geduld beweisen und manche Enttäuschung wegstecken. Als das Weibchen zum ersten Mal trächtig wird, erleidet es eine Frühgeburt. Erst 1881, drei Jahre nach der Einweihung des Raubtierhauses, besteht Grund zur Freude, erfüllen sich die Erwartungen. „Der hiesige Zoologische Garten hat das gewiss seltene Ereignis zu verzeichnen, dass innerhalb weniger Wochen sechs Löwen in ihm geboren wurden.", heißt es am 16. Oktober in den Leipziger Nachrichten. „Nachdem gegen Ende September die ersten drei erschienen sind, beschenkte die zweite Löwin am Freitag Morgen den Garten mit ihrem eigenen Nachwuchs und hob so den Bestand auf drei ausgewachsene und sechs junge Löwen."[4]

Jahr für Jahr kommen nun weitere Tiere zur Welt, meist sieben oder acht, zuweilen auch über zwei Dutzend. Als Ende der achtziger Jahre fünf Löwinnen gleichzeitig gedeckt werden, steigt die Geburtenrate und der Gewinn. Für den Besitzer des Zoos geht die Rechnung schon lange auf. Etwa 100 000 Mark soll er allein für die Nachkommen der Löwin Bussy erzielt haben. In über 13 Jahren bringt sie 46 Junge zur Welt, alle zehn Monate einen Wurf.

Während sich Pinkert um das Geschäftliche kümmert und den Zoo in der Öffentlichkeit vertritt, braucht er sich um die Zucht keine Gedanken zu machen. Auf den Tag genau kann Fischer die Niederkunft der trächtigen Weibchen bestimmen, selten nur, dass er sich irrt. Manchmal sind sechs der zehn Käfige mit Brettern verschlossen, die Wochenstuben der Löwinnen. Längst schon reicht das Gebäude nicht mehr für alle Tiere, stehen vier Käfige in einem alten Ochsenstall. Darüber hinaus existiert ein weiteres Ausweichquartier. Halb Futterküche, halb Aufzuchtstation, ist der Raum nur wenigen zugänglich. An seinen Wänden lehnen Büchsen mit kondensierter Milch, neben dem Ofen stapeln sich Wärmeziegel. Mit weichen Scheuerlappen umwickelt werden sie den Jungtieren in die Holzkisten gelegt. Auch klein gehäckseltes Stroh sorgt für Behaglichkeit, für angenehme Temperaturen. Löwenwelpen und junge Pumas, Tiger- und Hyänennachwuchs, sogar ein winziger Biber sind auf diese Weise untergebracht. Sie alle wollen gefüttert sein und quirlen zum Teil durcheinander.

Was auf den ersten Blick niedlich wirkt, kann seinen Reiz schnell verlieren. Die künstliche Aufzucht verlangt Einsatz und ständige Anstrengung. Wie viele der kleinen Löwen mit der Flasche ernährt werden, weiß heute niemand mehr. Auguste Fischer, die sich um die Jungtiere kümmert, dürfte häufig die eigenen Grenzen gespürt haben. Selbst wenn ihr zwei Frauen helfen, muss sie sich jede Minute einteilen. Nicht weniger Aufmerksamkeit erfordert eine andere Methode. Bereits in den Wandermenagerien wurden die Löwenwelpen stillenden Hunden an die Zitzen gelegt. Auch in diesem Fall sind Erfahrung und Aufsicht erforderlich. Genauere Informationen verdanken wir hier Heinrich Leutemann, dem Korrespondenten der „Gartenlaube“:

Drei junge Löwen mit ihrer Nährmutter, einer Dalmatinerhündin, um 1895

„Da kommt es zum Beispiel vor“, so Leutemann 1894, „dass eine Löwin in der Dunkelheit der Nacht ihre erst wenige Tage alten, also noch ganz unbehilflichen Jungen erdrückt. Eine andere hat nicht hinreichend Milch, um sie zu nähren, wieder eine andere misshandelt ihre Kinder. In solchen und ähnlichen Fällen können die noch lebenden jungen Löwen nur durch Wegnahme von der Mutter gerettet werden. Die Findigkeit nun, mit welcher in Leipzig für die fehlende Mutter Ersatz geschaffen wird, und die dabei erworbene Übung sind geradezu erstaunlich. Da ist in erster Linie die im Hundezwinger betriebene Zucht großer Hunde, Bernhardiner und Doggen, eine Hilfe. Hat da eine Hündin Junge geworfen, so kann sie kaum jemals dem Schicksal entgehen, zugleich Löwenamme zu werden. Will sie nicht, so wird ihr der Standpunkt bald klar gemacht, und in Kurzem fügt sie sich allen Zumutungen. So sah ich neulich eine Jagdhündin in ihrem Käfig, an welcher gleichzeitig ein sieben Wochen alter Löwe, ein fünf Wochen alter Tiger, ein schwarzer Hund (das eigene Kind der Hündin) und ein zwei Wochen alter Tiger sich nährten. Auch eine Dachshündin wird ständig im Raubtierhause gehalten, um im Notfall mit ihrer Wenigkeit auszuhelfen. Aber noch viel ausgiebiger ist eine andere Tierart, die Ziege, und zwar sind es die krummnasigen ägyptischen Langohr-Ziegen, welche als Löwenamme dienen müssen. Dazu wird die Ziege in ihrem Stall auf das Stroh hingelegt, die Frau des Wärters legt sich zu ihr, hält ihre Beine fest, und von dem Wärter wird nun der junge Löwe gleichsam mit der Nase darauf gedrückt, wo er seine Nahrung zu suchen hat. Genügen nun die gerade gebrauchsfähigen Ammen doch nicht für die Anzahl der jungen Löwen und Tiger, so bleibt als Universal-Hilfsmittel stets noch die Milchflasche. Reine Kuhmilch, gemischt mit etwas Kamillentee und einem Zusatz von Zucker, hilft immer."

Der Aufsatz Leutemanns entspricht den Vorstellungen der Leser, dem Geschmack des städtischen Publikums. Die Wirklichkeit ist härter und mitunter erbarmungslos. In freier Wildbahn werfen Löwinnen fünf, höchstens siebenmal in ihrem Leben. Die ständigen Schwangerschaften, der schnelle Wechsel von Geburt und Befruchtung, sind in der Natur nicht vorgesehen. Wer den Müttern die Nachkommen entzieht, verkürzt die Schonzeiten zum nächsten Wurf. Das führt so weit, dass die Tiere erkranken. Auch ansonsten trügt das Idyll. Bevor Fischer den Hunden die Löwen zuführen kann, muss er deren Brut tö-

ten. Manche Leihmütter wehren sich gegen die Zumutung und greifen die fremden Welpen an. In einem unbewachten Moment beißt eine Hündin zwei Junglöwen zu Tode, ein Ereignis, das Fischer noch tagelang wütend macht.
Geht die Zucht schief, leidet der Wärter fast körperlich. Sein Verhältnis zu den jungen Raubtieren ist eng und distanzlos. Nach der Geburt spuckt er den kleinen Löwen ins Maul, um sie an sich zu gewöhnen. Einen reglos auf dem Boden liegenden Welpen packt er kurz entschlossen mit den Zähnen im Nacken, worauf sich prompt das gewünschte Fiepen einstellt. Die mit der Hand aufgezogenen Tiere müssen am Bauch und in der Aftergegend massiert werden. Nur so können sie sich entleeren. Wenn Fischer die Löwen dann abwischt, verreibt er seinen Speichel rings um den After. Selbst im Bett der Eheleute darf eines der Sorgenkinder übernachten. Werden die Tiere älter, bekommen sie einen Namen. So heißen die männlichen Löwen Leo und Fritze, die weiblichen Bussy, Line oder Lotte. Manche der mit der Flasche aufgezogenen Großkatzen akzeptieren den Wärter ein Leben lang. Einen Tiger führt er über Jahre zum Koten hinter das Raubtierhaus, mit einem Leoparden geht er spazieren. Auf alten Fotografien ist ein halbwüchsiger Tiger zu sehen, der am Halsband gehalten wird. Fischer selbst berichtet von diesen Ausflügen und auch der Direktor des Gartens stellt sich gern mit den Tieren in Pose.

Heiligabend im Zoo

Ernst Pinkert und Hermann Fischer sind sich in vielem ähnlich. Gleichzeitig trennen sie Welten. Beide neigen zum Jähzorn und können unberechenbar sein. Ihr Umgangston ist grob und häufig verletzend. Allerdings existieren Grenzen. Selbst wenn der Wärter zuweilen murrt, vor dem Direktor hat er Respekt. Sowie Pinkert ruft, macht er sich auf den Weg und erledigt die Aufträge. Der weiß das zu schätzen und steht im Zweifelsfall an seiner Seite. Und Ärger gibt es für Fischer im Übermaß – da eine Rangelei mit dem Kassierer, dort eine Handgreiflichkeit mit dem Elefantenwärter. Manchen Mitarbeitern des Zoos geht der unermüdliche Einsatz des Wärters zu weit, sie fühlen sich unter Druck gesetzt, reagieren mit Aggressionen.

Zum Glück ändern sich die Verhältnisse. Nach und nach holt Fischer zwei seiner Brüder in den Zoo und auch Auguste bringt ihre Verwandten unter. Der Direktor ist damit einverstanden. Die Männer und Frauen vom Lande können mit Tieren umgehen, sind dankbar und anspruchslos. Wie geheimnisvoll der Zoo nach außen auch erscheinen mag, den Zugezogenen bietet er Orientierung. Das Personal wohnt auf dem Gelände oder in der Umgebung des Gartens, alles spielt sich auf engstem Raum ab. Und wie in einer Familie feiert man Heiligabend gemeinsam, lädt Pinkert zum Abendbrot. Um fünf Uhr wird die Gaststube geöffnet, das Essen serviert, ein Fass Bier gezapft. Die Tochter des Hauses spielt „Stille Nacht, heilige Nacht“ und in den vorbereiteten Geschenkkörbchen liegen Stolle und Wein, Äpfel und Nüsse, Zigarren und etwas Geld.

Ernst Pinkert kennt die Bedürfnisse der Wärter, kommt er doch selbst aus armen Verhältnissen, aus einem Leinenweberdorf an der Neiße. Als junger Mann hat er den Ort verlassen, nun wohnt er im eigenen Besitz, gut eingerichtet über der Gastwirtschaft. Wenn er Veranstaltungen organisiert, Geschäfte einfädelt und Verträge aushandelt, stimmen die Konditionen. Sein Versuch, in zwei Fachzeitschriften die Geburt eines Riesenkängurus zu beschreiben, wirkt demgegenüber unbeholfen. Für Hermann Fischer ist der Prinzipal „ein Geschäftsmann wie kaum einer“, dafür bewundert er ihn. Von Pinkerts zoologischen Kenntnis-

Hermann Fischer (rechts) mit einem seiner Brüder und der Tigerin Saida, 1898

sen hält er wenig, die studierten Gäste des Chefs erträgt er nicht lange. Doktoren und Professoren sind für ihn „Brummochsen“, stellen unnütze Fragen. „Dumm wie eine pol'sche Sau“ sei der Direktor des Berliner Zoos zuweilen gewesen, verrät er in späteren Jahren. Wie viele Menschen aus einfachen Verhältnissen kann der Raubtierwärter mit „Studierten“ schwer umgehen, reagiert er mürrisch und abweisend.

Die „Riesenaffen“

An manchen Tagen herrscht auf dem Wirtschaftshof Aufregung. Dann rattern Fuhrwerke über das Pflaster, werden alle Männer zusammengerufen. Neben der Arbeit als Zoodirektor handelt Ernst Pinkert mit Wildtieren. Zwar zählt er nicht zu den Großen der Branche, doch die Umsätze können sich sehen lassen. Vor allem teure und seltene Tiere gehen durch seine Hände. Eine Bisonherde und drei Spitzmaulnashörner, ein Bergkänguru und mehrere Elche. Fast 500 Affen und 60 Hyänen erhält er mit einer einzigen Lieferung. An solchen Tagen muss Fischer eine Sonderschicht einlegen und kümmert sich um die Verpflegung der Tiere. Nicht alle überleben den Transport, viele sterben noch kurze Zeit später.
Der Handel mit Wildtieren erfordert Mut und Kapital, Geschäftssinn und gute Kontakte. Wenn ein Nashorn 10 000 Mark kostet, schlägt der Verlust zu Buche. Für den Transport und die Betreuung der kostbaren Tiere werden zuverlässige Männer gebraucht. So bricht der Wärter von Zeit zu Zeit auf, fährt nach Westfalen und Schlesien, begleitet die gelieferte Ware. Im November 1893 dauert die Reise länger als gewöhnlich, führt über Köln und Aachen nach Antwerpen. Hier, am Ufer der Schelde, erwartet ihn Pinkert mit einer besonderen Aufgabe. Zwei aus-

gewachsene Orang-Utans, imponierende Tiere, hat der Direktor erworben und will sie nun in Empfang nehmen.
Als Fischer in Antwerpen ankommt, liegt das Lloyd-Schiff bereits auf Reede. Wie sein Chef übernachtet der Wärter im Hotel, lässt sich das Frühstück spendieren und von Pinkert die Stadt erklären. Der kehrt den Ortskundigen heraus und gibt energisch den Ton an. Am nächsten Tag fahren die Männer in den Überseehafen, wo der Hochseedampfer inzwischen festgemacht hat. Noch nach Jahren schwärmt Fischer von diesem Schiff, den blank geputzten Messinggeländern, der „fürstlichen Einrichtung“. Die beiden Affen geraten da fast zur Nebensache. Dabei sind es prachtvolle Exemplare, ausgewachsene Männchen mit gewaltigen Backenwülsten. Rund 20 000 Mark waren dem Direktor die Tiere wert. Es spricht für Ernst Pinkert, dass er als Einziger auf das Wagnis eingegangen ist und die Orang-Utans dem Kapitän abgekauft hat.
Die Übergabe verläuft ohne Probleme. Mit einem Kran werden die 18 Zentner schweren Käfige von Bord gehoben und in den Zoologischen Garten Antwerpens gebracht. Für Fischer beginnen die unruhigsten Wochen seines Lebens. Gut 20 Stunden später sitzt er im Schnellzug nach Brüssel, wo die Affen gezeigt werden sollen. Im Museum Castan, dem Panoptikum der belgischen Hauptstadt, herrscht derweil Hochbetrieb. Ein Zentralkäfig wird aufgebaut, seit Tagen haben die Zeitungen das Ereignis angekündigt. Von „dämonischen Gestalten“, von „riesigen und bösartigen Waldmenschen“ ist in diesen Berichten die Rede, von einer „furchtbaren Kraft und Wildheit“. Dass so gewaltige Tiere überhaupt existieren, hätte kaum jemand für möglich gehalten. Kein Wunder, wenn die Besucher Schlange stehen und nervös werden, als sich die Präsentation verzögert.
Nach Stunden des Wartens ist alles fertig, drängen die Neugierigen in die Halle. Fast 800 Mark erhält Pinkert pro Tag, bis

10 Uhr abends bleibt die Ausstellung geöffnet. Und das soll zunächst nur der Anfang sein. Der Leipziger Zoodirektor hat große Dinge vor, will auf Tournee gehen und möglichst viel Geld verdienen. Seinem Begleiter geht der Rummel schnell auf die Nerven. Er muss die Besucher zurückhalten und die Tiere beschützen. Auch nachts bleibt er ganz in der Nähe, schläft dicht bei den Käfigen, hört die Affen rumoren. Am Morgen füttert er sie mit gequelltem Reis und altbackenem Weißbrot, mit Bananen und rohen Eiern. Er selbst wird von den Angestellten des Panoptikums versorgt, erhält, was er möchte. Doch auch das belgische Bier ändert nichts an seiner Verfassung – Fischer hat Heimweh, will endlich nach Hause. Aus Leipzig kommen alarmierende Nachrichten: Die Löwen seien krank, heißt es in mehreren Briefen. Nun gibt es kein Halten mehr, bittet der Wärter um Ablösung.

Mit dem nächsten Zug erscheint Fischers Bruder, der den Transport auch in die französische Hauptstadt begleitet. Hunderttausende Menschen nutzen hier die Gelegenheit, einen Blick auf die Affen zu werfen. Die aber sitzen teilnahmslos in ihrem Käfig und sterben kurz hintereinander. Ob es daran liegt, dass sie entgegen der Absprachen im offenen Wagen durch die Stadt transportiert wurden, ob die Krankheit andere Ursachen hat, lässt sich nicht klären. Finanziell jedoch hat Pinkert Gewinn gemacht und noch die Kadaver werden an zwei Museen verkauft.

Ein neues Raubtierhaus

Das Schicksal der beiden Orang-Utans überrascht damals niemanden. Die meisten der nach Europa importierten Menschenaffen überstehen die Gefangenschaft kaum einige Monate. Noch wissen die Zoologen wenig über das Leben exotischer Tiere, ihre Bedürfnisse und Gewohnheiten. Selbst da, wo seit langem Erfahrungen vorliegen, überwiegen die alten Klischees. Einzig die Haltungsbedingungen in den Menagerien und zoologischen Gärten sind bekannt. „Wer will des Löwen, des Helden, des Königstieres Seele beschreiben!" – heißt es bei Alfred Brehm. Der Zoologe und Schriftsteller prägt mit seinen Büchern die Vorstellungen einer breiten Öffentlichkeit, fasziniert durch dramatische Bilder. Die Geschichte der zahmen Löwin Bachida, die Schilderung gefährlicher Jagdszenen im afrikanischen Busch – all das lesen sehr viele Menschen. Und wer immer den Eingang zum Leipziger Zoo passiert, geht vor allem ins Raubtierhaus, schaut neugierig nach den Löwen.

Rund 30 der Großkatzen werden in den Käfigen Mitte der neunziger Jahre gezählt, 173 sind bislang hier zur Welt gekommen. Schon erscheinen die ersten Statistiken, gibt es Zuspruch von allen Seiten. Doch in den Stolz auf das Erreichte mischt sich auch Ungeduld. Moderne Gebäude und große Tierhäuser sucht man in Pinkerts Privatzoo vergebens, der letzte Neubau liegt lange zurück. Nach wie vor führt der Weg an den Ställen vorbei, ähnelt der Eingangsbereich einem Gutsbetrieb. Mit der mächtigen Kastanie und den in der Sonne trocknenden Kuchenbrettern der Gastwirtschaft mag das malerisch wirken; den Erwartungen entspricht es nicht. Denn die Zeit steckt voller Veränderungen und entwickelt eine ungeahnte Dynamik. Noch nie hat sich Leipzig so schnell erneuert, sind die Einwohnerzahlen ähnlich emporgeschossen. Wohngebäude und Museen werden gebaut, Straßen und Brücken, Institute und Verwaltungseinrichtungen, Kasernen und Staatsgymnasien. Um 1895 leben in der Stadt fast 400 000 Menschen; dreimal so viele wie im Jahr der Gründung des Zoos. Sie sind es, die Ernst Pinkert steigende Besucherzahlen bescheren, seinen Tiergarten zum gro-

ßen Teil finanzieren. Und doch macht sich der umtriebige Eigentümer Gedanken, beobachtet er die Entwicklung mit Sorge.
In dem Maße, wie sich die Stadt vergrößert und der Lebensstandard wächst, werden die Leipziger anspruchsvoller. Schon locken riesige Vergnügungslokale und zahlreiche Attraktionen. Hinter den Frankfurter Wiesen soll ein Palmengarten entstehen, in der Nähe der Bahnhöfe empfängt die Alberthalle ihre Besucher. Der Zoo aber lässt sich nur mit viel Aufwand erweitern, braucht Kapital und neue Ideen. Und so kommt eines zum anderen: die Bedenken des Zoobetreibers und die Wünsche der Leipziger. Mit Hilfe des Nordstädtischen Bezirksvereins wird eine Aktiengesellschaft gegründet, der Zoologische Garten wechselt den Eigentümer. Für den bisherigen Besitzer ist das ein lohnendes Geschäft. Etwa 275 000 Mark sind den Aktionären die Tiere und Anlagen wert, 21 000 Mark kosten allein die Löwen. Zudem bleibt Ernst Pinkert weiterhin Direktor des Tiergartens, kann mietfrei wohnen und erhält ein üppiges Jahresgehalt.
Die Zooaktien verkaufen sich in wenigen Wochen; Fabrikbesitzer und Bankbeamte, Professoren und Handwerker werden Teilhaber des Unternehmens. Da die Stadt ein Darlehen beisteuert und die notwendigen Flächen verpachtet, steht den Arbeiten nichts mehr im Wege. Skizzen und Zeichnungen machen die Runde, der Architekt Heinrich Rust entwirft einen Gesamtplan. Doch zunächst fallen die alten Speicher und Heuböden, verschwinden die Ochsenställe des Fettviehhofs. Auch Fischers Wohnung ist von dem Abriss betroffen, das Ehepaar zieht in ein Ausweichquartier. Schwer nur kann der Wärter die Situation annehmen, den Wechsel der Umstände akzeptieren. Der Tross der Bauarbeiter, die kleine Feldbahn für die Bewegung der Erdmassen, der ständige Lärm schlagen ihm aufs Gemüt. So schimpft er still vor sich hin und beobachtet die Veränderungen mit Misstrauen.

Über die Ereignisse der folgenden Jahre ließe sich viel erzählen. Von der festlichen Einweihung des Gesellschaftshauses und dem ersten Konzert am künstlichen Wasserfall, von Finanzkrisen und Unfällen, von der Eröffnungsfeier des Wirtschaftstrakts. Überall wird gleichzeitig gearbeitet, tagtäglich verändert der Zoo sein Gesicht. Am Pfingstsonntag des Jahres 1902 übergeben die Architekten Heinrich Rust und Alfred Müller das Neue Raubtierhaus. Mit seinen romanischen Rundbögen und dem trutzigen Turm erinnert es an das Mittelalter, beschwört es romantische Bilder. Wie sehr die Anlage dem Geschmack der Zeitgenossen entspricht, beweisen die Kommentare der Leipziger Neuesten Nachrichten. Überschwänglich und ausgiebig lobt ihr Berichterstatter die „modernen Architekturformen", den „imposanten Stil" der gesamten Anlage. Und in der Tat wirkt der Bau eindrucksvoll. Das mit der Front nach Süden gelegene Gebäude ist 42 Meter lang und mit graugrünem Schiefer gedeckt. Zwei große Eckkäfige begrenzen es an den Seiten. Die lichtdurchflutete Innenhalle entspricht den Bedürfnissen der Besucher und dem Standard der Raubtierhaltung. Der kalte Stein der Käfige ist mit Eichenholz verkleidet, jede Tür so konstruiert, dass sie vom Wärtergang aus leicht bedient werden kann. „Eine erlesene Galerie wohlgepflegter Bestien" nennt der Zeitungsreporter die in dem Neubau untergebrachten Tiere: Löwen und Tiger, Pumas und Panther, Jaguare und Geparden, Servale und Zibetkatzen. Dass die Verlegung der Insassen problemlos vonstatten geht, ist Fischers Verdienst. Früh um halb vier beginnen die Männer mit dem Umsetzen, dreieinhalb Stunden später sind sie fertig. Der erfahrene Wärter dirigiert die Arbeiten, gibt kurze Anweisungen, packt selbst mit zu. Und so unglaublich es klingt: Nicht alle Tiere finden in dem neuen Gebäude Platz. Ein noch weiträumigeres, noch größeres Haus wäre nötig gewesen, um den gesamten Bestand unterzubringen. In den ersten Plänen war das

Das Neue Raubtierhaus, um 1902

auch vorgesehen, allein Geldmangel hat ihre Verwirklichung verhindert. Hermann Fischer hält den Bau trotzdem für aufgeblasen. Warum einen so wuchtigen Turm in die Gegend stellen, wenn er sich gar nicht nutzen lässt? Unsinn sei das, genauso wie anderes. Die herausnehmbaren Wände zwischen den Käfigen zum Beispiel. Löwendressuren sind hier geplant, daneben Konzerte. Die Tiere, so Fischer, „brauchen vor allem Ruhe". Wer „zu große Bohnen im Kopp" habe, der dürfe sich dann nicht wundern. Und als ob es der Wärter geahnt und vorausgesehen hätte, kommt es wenige Monate später zur Katastrophe.

Düstere Tage

Leben und Tod, Geburt und Verlust liegen im Zoo eng beieinander. Jede Auffälligkeit, jede Krankheit gibt Anlass zur Sorge. Je jünger die Tiere sind, desto genauer muss alles bedacht werden: das Futter und die richtigen Temperaturen, der Tagesablauf und die Säuberung der Käfige. Im Normalfall verlässt sich Fischer auf seine Erfahrung, mischt Milch mit Lebertran, behandelt Eiterstellen mit warmem Wasser und „Höllenstein". Auch das Krallenverschneiden erledigt er selbst, zieht die Pfote mit einer Schlinge aus dem Käfig, benutzt ein ganz kleines Messer. Wenn der Arzt gerufen wird, weicht Fischer dem Mediziner nicht von der Seite. Dabei sind selbst stundenlange Operationen nur selten erfolgreich. Die Dosierung des Narkosemittels, die Wahl der Kompressen und Verbände – alles bereitet Probleme, muss erst erprobt werden. Im Herbst 1902, dem Jahr der Eröffnung des Neubaus, helfen weder Hausmittel noch Operationen. Die Tiere haben eine gefährliche Infektion, vermutlich den Rotz. An den Erregern können auch Menschen erkranken, im Normalfall sind Pferde betroffen. Das Fleisch eines Zirkusesels – so heißt es – soll den Rotz übertragen haben. In den Tagebüchern von Karl Max Schneider ist Fischers Bericht festgehalten. Noch heute spürt man die Erregung zwischen den Zeilen, das Zittern der Stimme, die Dramatik des Augenblicks: Fischer sieht, dass verschiedene Tiere aus der Nase bluten und ihr Urin dunkelrot ist. Da erscheint Pinkert und der Wärter sagt: „Unsere Raubtiere sind krank!“ – „Verdammt Fischer, das ist doch nicht etwa Rotz!?“

Hinter dem Alten Raubtierhaus stehen ein paar Kästen, dorthinein werden die ersten Tiere gebracht. Fritze, der schönste Löwe, und eine Löwin. Der Löwe ist schon am nächsten Tag tot. Der Arzt wird bestellt und diagnostiziert: „Rotz!“

Nachdem der Arzt fort ist, sagt Pinkert: „Arschloch, verdammter Schuster, der wees wohl was Rotz is, das dumme Luder.“

Am gleichen Tag stirbt eine weitere Löwin.

Abends hört Fischer die Hyänen schreien. Als er Pinkert zur Hilfe holt, geht es mit den Tieren bereits zu Ende.

Ein neuer Arzt wird gerufen. Seine Einschätzung ist nieder-

Hermann Fischer (Bildmitte) im Skatklub „Löwenbändiger“, 1910

schmetternd: „Erscheinungen sind die von Rotz. Nehmen Sie sich mit dem Wärter in acht, dass dem nichts passiert. Hier ist es am besten, wenn Sie alles abschaffen. Benachrichtigen Sie die chemische Fabrik, alles abschießen und vergiften und mit Begleitung hinausschaffen."

Pinkert: „So fix geht das nicht, doch nicht alles." –

„Da kommen Sie nicht drum herum. Alles!"

In den nächsten Tagen sterben ein Leopard und ein Tiger. Von dem letzteren wird eine Probe nach Dresden geschickt, in Blechkisten verpackt, extra ausgeschlagen, mit Kreolin getränkt. Noch am gleichen Tag erhält der Direktor die Antwort.

„Fischer, es is Rotz." Pinkert sagt das ganz kleinlaut, ganz niedergeschlagen.

Nun werden die Löwen vergiftet. Mit der Spritze. Mit Blausäure. Der Arzt zielt auf einen Löwen, dann spritzt er los. Spritzt das Gift auf die Nase der Tiere und auch in die Käfige. Fischer soll die Löwen vorlocken, einen nach dem anderen. Als er den ersten fallen sieht, schreit er auf, rennt davon, läuft aus dem Garten heraus, irrt durch die Straßen.

Es ist der schwerste Verlust, den der Wärter bis dahin erlebt hat, 23 Tiere, ein ganzer Wagen voll. Auch mehrere Tiger und Pumas, Leoparden und Schwarze Panther fallen der Krankheit zum Opfer. Ob es wirklich Rotz gewesen ist, kann nie geklärt werden. Während die Dresdner Spezialisten darauf bestehen, sprechen die Berliner von Typhus. Doch letztlich ändert das wenig. Noch immer gibt es gegen zahlreiche Infektionen keinen Schutz, bleiben die Möglichkeiten der Vorsorge begrenzt. So stehen die Tiergärtner und Dompteure, die Wandermenageristen und Händler hilflos neben den kranken Tieren, erleben sie Seuchen und Infektionen als blinde Naturgewalt.

Um die Löwenzucht wieder aufzubauen, begibt sich Pinkert auf Reisen, fährt nach Köln und Berlin, nach Dresden und Antwerpen. In der belgischen Hafenstadt findet einmal im Jahr eine große Tierbörse statt, kommen die Zoodirektoren aus ganz Europa zusammen. Genau 1250 Franc kostet der Kaplöwe Faust, den der Leipziger hier ersteigert. Es ist ein prachtvolles Exemplar, mit dichter Mähne und stattlichem Wuchs. Darüber hinaus weiß man wenig über das Tier, kennt weder Vorbesitzer noch Lebensweg. Ähnlich verhält es sich mit drei Löwinnen, die kurze Zeit später in der Messestadt eintreffen. Viele der Großkatzen sind schon in Europa geboren, doch auf Papiere legt niemand Wert.

Im Sommer 1905 besitzt der Leipziger Zoo erneut 17 Löwen, scheinen die Verluste vergessen. Erst kurz nach dem Ersten Weltkrieg, als unter den Tieren der Milzbrand wütet, wird Fischer Ähnliches erleiden. Vorerst jedoch geht das Leben den vertrauten Gang, folgen Jahre beharrlicher Arbeit. Das Ehepaar wohnt nun im Wirtschaftsgebäude, direkt hinter dem Raubtierhaus. Zweihundert Mark Jahresmiete zahlt der Wärter für die beiden Zimmer, rund 15 Prozent seines Gehalts. Idyllisch und ruhig ist die Wohnung nicht. Den ganzen Tag rattern Fuhrwerke in den Hof, wechseln die Händler sich ab. Da erscheint der Brot-, dort der Knochenmann, hier werden Säcke mit Lebensmitteln und Wagenladungen voll Heu geliefert. Fischer stört das ebenso wenig wie die Nähe zu der benachbarten Fabrikanlage. Einzig die großen Mengen an Fliegen sind auch für ihn eine Plage.

Wenn Fischer das Gebäude am Morgen verlässt, dreht er zunächst eine Runde im Garten. Als Oberwärter ist er nun für vieles verantwortlich und weist anderen die Arbeit zu. Nicht

Hermann Fischer (1862–1924) tränkt einen jungen Leoparden, um 1923

alle sehen das gern, doch Widerspruch gibt es selten. Nur mit dem Elefantenwärter und dem Kutscher des Zoos kommt es zuweilen zum Streit. Manche Feindschaften dauern ein Leben lang, sind nicht aus der Welt zu schaffen. Dabei wirkt Fischer eher gemütlich. Etwas Väterliches, etwas Zufriedenes geht von ihm aus, zumal er von Jahr zu Jahr fülliger wird. Es ist dieses Bild, welches sich im Bewusstsein der Leipziger festsetzt, die Popularität des Wärters begründet. Schon entstehen erste Anekdoten und Schnurren, kleine Geschichten, die jeder gern hört. In Wirklichkeit empfindet Fischer die Besucher als störend und verflucht im Stillen ihre Aufdringlichkeit. Das aber wissen nur wenige. Der dicke Löwenvater, der uns in den Berichten entgegentritt, gilt als witzig und geradeheraus, als Leipziger Original. Nach Pinkerts Tod im April 1909 werden seine Verdienste zunehmend gewürdigt, erhält er im Rathaus eine Treueurkunde.

Krankheit und Tod

In den folgenden Jahren erscheint Fischers Foto als Postkarte und in verschiedenen Zeitschriften. Wir sehen den Wärter mit einem Korb junger Löwen, als Begleiter einer Karawane von Kamelen und vor dem Raubtierhaus. Dann jedoch haben die Menschen andere Probleme, verändert der Erste Weltkrieg auch den Alltag im Zoo. Über die ständigen Futterengpässe und den Rückgang der Besucherzahlen, die Verwahrlosung der Anlagen und den Verlust der Elefantenkuh Nelly soll hier nicht berichtet werden. Die Existenz des Gartens ist in ernster Gefahr, die Versorgung der Tiere bereitet tagtäglich Sorgen. In den ersten Jahren der Weimarer Republik verbessert sich die Lage nicht wesentlich, werden sogar die Kadaver knapp. So geschieht es, dass die Löwen zwei Wochen auf Fleisch verzichten müssen, mit Milch und Knochenbrühe ihr Dasein fristen. Für den Oberwärter kommt in dieser Zeit vieles zusammen. Im Mai 1919 stirbt seine Frau, ein Schlag, der ihn ohne Vorwarnung trifft. Er selbst fühlt sich zunehmend unwohl und muss mehrfach das Bett hüten. Die Nichte Olga, die auf dem Wirtschaftshof arbeitet, bringt dem Onkel das Essen und kümmert sich um die Pflege des Kranken.

Und noch eine wichtige Person tritt nun in sein Leben: ein junger, etwa dreißigjähriger Mann, der Direktorialassistent Karl Max Schneider. Aus dem Krieg zurückgekehrt, erhält der Wissenschaftler eine Stelle im Zoologischen Garten. Hier übernimmt er Verantwortung für den Tierbestand und die Verwaltung. Zögernd nur fassen die beiden Männer Vertrauen, überwindet der Wärter Vorbehalte. Doch Karl Max Schneider sucht das Gespräch, lässt nicht locker, begegnet dem Älteren mit Respekt. Für den promovierten Philosophen und Zoologen ist diese Freundschaft ein Glücksfall. So oft es geht, stenografiert er die Gespräche, fügt eigene Beobachtungen hinzu, vergleicht und analysiert. Liegt Fischer arbeitsunfähig in seiner Stube, kommt ihn Schneider besuchen, hört sich die Geschichten ein drittes, ein viertes Mal an. Selbst im Bett erzählt Fischer mit vollem Einsatz, rudert mit den Armen, macht die Bewegung der Tiere nach. An welcher Krankheit er leidet, wissen wir nicht. Der Witwer lebt ungesund, isst viel zu viel, hält sich an keine Regel. Manchmal muss die Nichte Olga einschreiten und die Vorräte vor ihm verschließen. Während sich die Verhältnisse im Zoo normalisieren und neue Pläne geschmiedet werden, wird der Oberwärter immer häufiger krank. Anfang 1924 hat er einen Schwächeanfall, am 31. März stirbt er nach „kurzem Todeskampf“. Die Beerdigung findet drei Tage später auf dem Leipziger Nordfriedhof statt – „ein schwarzer Tag für den Garten“, wie Karl Max Schneider noch am Abend notiert.

Die Löwenbraut Claire Heliot

Verwischte Spuren

Mit dem Tode Fischers geht eine Ära zu Ende. Nun erinnern sich nur noch wenige an das alte Gelände des Zoologischen Gartens, die Konzertmuschel vor der Gaststätte, die Ochsen- und Pferdeställe hinter dem Raubtierhaus. Kaum einer, der die Anlagen so gut gekannt hat wie der Verstorbene, niemand, der genauer über sie zu erzählen wusste. Auch die Geschichte von Claire Heliot, der Löwenbraut, ist mit Fischers Biografie verbunden. Beginnt doch die Karriere dieser ungewöhnlichen Frau in einem Stallgebäude des ehemaligen Fettviehhofs. Hier, zwischen Käfigen und Strohballen, Wirtschaftsgeräten und Transportkisten, lernt die künftige Dompteuse die Grundlagen der Dressur, wird sie von dem erfahrenen Wärter an die Raubtiere herangeführt. Was als Versuch gedacht ist, entwickelt sich zu einem ungeahnten Erfolg. Die bildschöne Heliot erobert die Bühnen des Unterhaltungsbetriebs, sorgt weltweit für Aufsehen. Und als ob die Schönheit der Dompteuse allein nicht hinreichen würde, bleiben viele Details ihres Lebens geheimnisvoll.

Schon die Herkunft des Ausnahmetalents gibt Anlass zu mancher Verwirrung und manchem Rührstück: der frühe Tod der geliebten Eltern, die unglückliche Ehe, der Verlust einer beträchtlichen Erbschaft – so sehen es die Chronisten. Der Vater sei Oberlehrer gewesen, die Mutter Engländerin, eine Familie aus besserem Hause. In Wirklichkeit aber ist die 1866 geborene Heliot die Tochter eines kleinen Postbeamten in Halle an der

Saale. Dieser, der Postsekretär Friedrich Erdmann Pleßke, verstirbt kurze Zeit nach ihrem 19. Geburtstag, seine Frau drei Jahre später. Bereits zu jener Zeit scheint Clara, wie sie sich damals noch nennt, bei einer Tante in der Nähe des Leipziger Zoos gelebt zu haben. Einige Autoren berichten zudem von einer Ausbildung zur Schulreiterin. Ob die junge Frau ihren Bräutigam Carl August Hanmann im Zoologischen Garten oder auf einer Reitbahn kennen lernt, wissen wir nicht. Der gebürtige

Claire Heliot, um 1902

Dresdner arbeitet als Stallmeister in der Messestadt; die 1889 geschlossene Ehe ist ein Fiasko und endet vor dem Scheidungsrichter.

Noch vor der Heirat aber taucht ein anderer Name auf und mit ihm eine weitere Geschichte. Überliefert und ausgeschmückt hat sie der Schriftsteller Joachim Ringelnatz, der Erfinder des Seemanns Kuttel Daddeldu und ähnlicher Helden. Als fünf-

oder sechsjähriger Junge wird Ringelnatz Zeuge einer dramatischen Eifersuchtsszene im elterlichen Schlafzimmer. Es geht – so erfahren wir aus seiner Autobiografie – um Berta, das schöne Dienstmädchen der Familie, eben jene Madame, die später als Heliot Erfolge gefeiert hätte. Der phantasievolle Autor mag Namen und Personen, Ereignisse und Umstände verwechselt haben, doch auch dafür fehlen Beweise. Da Ringelnatz den Zoo hervorragend kannte und als Dauerkartenbesitzer die Vorstellungen der Dompteuse besucht haben dürfte, ist sein Bericht immerhin ernst zu nehmen.
Claire Heliot selbst schreibt in einem Beitrag für das Cosmopolitan Magazin, dass sie im Alter von 22 Jahren mit der Dressur von Löwen begonnen habe. „Ich lebte in Leipzig und war es gewohnt, nach der Schule den größten Teil meiner Freizeit im berühmten zoologischen Garten der Stadt zu verbringen, wo ich die zur Schau gestellten Bestien studierte“, heißt es in der amerikanischen Zeitschrift. Wie wenig exakt die Angaben der Dompteuse sind, zeigt sich indessen an anderer Stelle. Wiederholt führt sie die Leser in die Irre, verschleiert geschickt ihre Herkunft, lässt uns über das wahre Geburtsdatum im Unklaren. Nicht ungewöhnlich für eine Schaustellerin, deren Kapital auch darin besteht, die Blicke des Publikums auf sich zu ziehen. Und so sparen wir uns den Versuch, weitere Fakten aneinander zu reihen, Indizien für dieses und jenes zusammenzutragen, ohne dass sie ein Bild ergeben würden. Die persönlichen Papiere der Dompteuse sind in einer Bombennacht des Zweiten Weltkrieges verbrannt, sämtliche Erinnerungsstücke vernichtet. Dass Claire Heliot um 1896 im Gesichtsfeld Fischers erscheint und weitgehend mittellos ist, kann allerdings als gesichert gelten. Eine dreißigjährige Frau, die sich alleine durchschlagen muss und für ihr Leben eine Perspektive sucht.

Nicht nur der Leipziger Raubtierwärter ist von der Hallenserin angetan. Auch Ernst Pinkert, der Besitzer des Zoos, macht ihr Avancen und drängt sich mit Komplimenten auf. Sein Vorschlag, sie zur Dompteuse auszubilden, ihr einige der Junglöwen zur Verfügung zu stellen, entspringt einer Laune des Gefühls, einem Moment der Begierde. Doch die Heliot, „ein Ehrenweib", wie Fischer beteuert, nimmt ihn beim Wort und lässt nicht mehr locker. Statt einer Romanze erwarten Pinkert Ermahnungen. Entnervt und ernüchtert gibt er klein bei und löst sein Versprechen ein. Tagtäglich besucht die zierliche Frau von nun an die Junglöwen, verliert mehrfach den Mut, rennt weinend davon. Letztlich ist es Fischer, der sie beruhigt und über den schwierigen Anfang hinweg hilft.

Den Weg, den Claire Heliot einschlägt, sind vor ihr schon andere gegangen. Nicht im Leipziger Zoo, doch in Wandermenagerien und Zirkusmanegen, Varietees und Vergnügungssälen. Die wenigen Frauen, die sich als Raubtierdompteusen versuchen, ziehen durchs Land, führen ein unstetes Leben. Keine hat es zu Reichtum und größerer Popularität gebracht. Das fahrende Volk gilt als moralisch zweifelhaft, die Kunst der Dressur als Domäne der Männer. Langsam nur, dass sich dies ändert, die Namen der Dompteusen bekannter werden. Da ist Mathilde Rupp, eine Stenotypistin aus Wien, da Henriette Willardt, die Tochter eines Kaufmanns aus Halle. Sie alle tragen klangvolle Pseudonyme und so wie sich Clara Hanmann bald Claire Heliot nennt, heißen sie Tilly Bébé oder Miss Senide.

Was für ein Aufsehen eine Frau im Dressurkäfig hervorruft, zeigen Plakate und Handzettel, Bilder und Zeitungsberichte. Mit großen Lettern wird das Ereignis herausgestrichen, und noch 1885 bezeichnet sich die Französin Nouma-Hawa als „première dompteuse du monde“. Das Interesse der Öffentlichkeit an solchen Auftritten hat mehrere Gründe: Die schöne Frau, die das Biest zu bändigen versteht, erregt Neugier und Argwohn, stellt Konventionen in Frage. Häufig sind die Dompteusen mit einem tiefen Dekolletee abgebildet, wodurch die Dressur eine erotische Färbung bekommt. Das „mächtigste und stärkste Tier dieser Erde“, der heroische Löwe, gerät unter den zarten Händen des Weibes zum Schmusekätzchen – niemand hat diese Rolle besser beherrscht als Claire Heliot.

Vorerst jedoch ist all das Zukunftsmusik, trainiert die Tochter des Postsekretärs im Ochsenstall hinter dem Raubtierhaus. Sie beginnt mit drei Löwen im Alter von 18 Monaten, später erhöht sie die Zahl der Tiere auf neun. Vom Beginn ihrer Arbeit bis zur großen Premiere vergeht mehr als ein Jahr. Bald sind die Probleme des Anfangs vergessen, offenbart sich ein ungeahntes Talent. Auch Ernst Pinkert erkennt die gebotene Chance und setzt seine Kontakte ein. Zur Generalprobe im Mai 1898 erscheinen die Berichterstatter verschiedener Journale und Zeitungen. Nur drei Tage später druckt das Leipziger Tageblatt eine ganzseitige Reportage, macht der Reporter die Leserschaft neugierig:

„Schon seit langem war es uns vergönnt, die anmutige Dompteuse bei ihren Arbeiten mit den Bestien zu belauschen ... Wer damals, den Winter über, die zierliche Miss in jenem Seitengebäude des Zoologischen Gartens inmitten ihrer neun Löwen sah, wer beobachtete, wie unerschrocken sie sich von Anfang an in dieser scharfbekrallten, mit kräftigen Gebissen bewaffneten Gesellschaft bewegte, wer verfolgte, wie die Tiere Zutrauen und Liebe zu ihrer Lehrerin gewannen, der musste die Überzeugung gewinnen, dass sich daraus ein Dressurstück hervorragendster Art entwickeln würde. Es ist eines geworden, freilich nach unendlichen Mühen.“

Und in der Tat lässt das Programm aufhorchen, berichteten gleich mehrere Journalisten über die Generalprobe. Diese findet in einem Zentralkäfig statt, den die Leipziger Metallfirma Franz Mosenthin angefertigt hat. Die aus dicken Eisenstangen bestehenden Gitterwände sind von einer Kuppel überspannt und in der Veranstaltungshalle aufgebaut. Unter den Klängen des Carmen-Marsches tritt die Dompteuse in die Arena. In ihrem silberbestickten, schwarz-samtenen Pagenkostüm wirkt sie noch zierlicher als sonst, kommen ihre Reize bestens zur Geltung. Auf dem Kopf trägt sie ein federgeschmücktes Barett, in der Hand eine kleine Lederpeitsche. Nachdem die Musik verklungen ist, werden die neun männlichen Löwen aus den „rotgelben Reservewagen" in die Manege gelassen und nehmen – ermuntert durch energische Zurufe – auf einer Galerie von Podesten Platz. Zwei Deutsche Doggen ergänzen den „Aufmarsch der Akteure", ehe das eigentliche Programm beginnt. Es besteht aus zehn aufeinanderfolgenden Nummern und dauert nicht länger als eine Dreiviertelstunde. Im Schlängellauf kreuzen die Hunde zwischen den Löwen und springen sodann mit kühnen Sätzen über zwei oder drei der Großkatzen hinweg. Nach der „Löwenwippe" und der „Löwenwalze" erklimmt die gesamte Gruppe eine hohe Leiter und steigt auf der anderen Seite wieder herab. Im „Diner des lions" sitzt die Dompteuse mit fünf der Löwen zu Tisch, im Löwenwappen liegt sie auf dem „Mähnenwald" der eng zusammengedrängten Tiere. Zum Schluss lädt sich Claire Heliot den zwei Zentner schweren Sascha auf die Schultern und trägt ihn dem Ausgang entgegen.

Das Programm hat heitere und ernste Momente, einer der Löwen mimt den Komiker, ein anderer die gemächliche Schlafmütze. Von besonderem Interesse aber ist ein weltweit erstmals gezeigtes Dressurstück. Auch der Reporter des Leipziger Tageblatts interessiert sich vor allem für diese Nummer. „Die junge

Dame", so heißt es, „kommt mit einer neuen Attraktion, dem Löwen als Seiltänzer. Es klingt komisch, ja fast unglaublich. Und wir waren freilich gespannt, als man zu selbigem Zweck ein ‚Seil' durch den runden, einen Durchmesser von nahezu zehn Metern aufweisenden Zentralkäfig zog, es auf hohen Böcken befestigte und den bequemen Treppenaufstieg für die Löwen vorbereitete. Dass Löwen nicht auf Schiffstauen laufen, sich drehen und balancieren können, versteht sich von selbst. Deshalb hatte man mehrere solche, fest miteinander verbundene Taue gewählt. Zuerst erscheint der gelehrige ‚Sascha'. Behänd klettert er die Treppe, die zur Höhe führt empor und steht dann auf dem Seil. ‚Komm, mein Sascha', lockt Miss Heliot, ‚komm meine Mausekatze, so ist's schön!', sagt sie, als sich der Löwe langsam und sicher auf dem Seile bewegt. ‚Schön aufpassen!', fügt sie hinzu; ‚tournez ...' Sascha dreht sich, vorsichtig die Pranken wendend und schreitet dann zum Ausgangspunkt seiner Seilpromenade. Dem zweiundeinhalb Zentner schweren ‚Sascha' folgt der noch gewichtigere, drei Zentner wiegende ‚Nero'. ‚Aufpassen', heißt es auch bei ihm, wenn der dicke Bursche zu ‚kippeln' beginnt und sich in das Tau einzukrallen versucht. Doch auch hier geht das Balancieren glatt und zwar selbst dann, als sich die Löwen auf ihrem Weg begegnen und der eine rückwärts und der andere vorwärts schreitet. Ein lautes ‚Bravo!' belohnt die Künstlerin."
Nach der Generalprobe bittet der Zoodirektor die anwesenden Journalisten zum Empfang, stellt er die Dompteuse vor. Bei Cognac und Kuchen wird geplaudert, entstehen die ersten Legenden. Geschadet haben sie Claire Heliot nicht, im Gegenteil. Die Geschichte von der Tochter aus gutem Hause verkauft sich problemlos und verstärkt das Interesse. Auch die Behauptung, sie habe ihr Programm „ohne Vorbilder" einstudiert, bleibt unwidersprochen. Dabei beweist schon ein kleiner Blick auf die vergangenen Jahre, wie gewagt eine solche Annahme ist.

Der spanische Dompteur

Zu den wenigen Erinnerungsberichten über die Welt der Wandermenageristen und Schaubudenbesitzer, der Schnellfotografen und Zauberkünstler gehören die Memoiren von Robert Thomas. Sein halbes Leben hat der gelernte Bäckergeselle unter dem fahrenden Volk verbracht, Elefanten und Löwen gefüttert. Im August 1895 verschlägt es ihn in die Messestadt, wird er Wärter im Pinkertschen Unternehmen. Nur zwei Monate später hält vor dem Restaurationsgebäude des Zoos eine Droschke, aus der ein elegant gekleideter Mann steigt. Es handelt sich um den Spanier Manuel Veltran, einen weit gereisten Dompteur. Etwas Weltmännisches, etwas Geheimnisvolles geht von dem Andalusier aus. Er gilt als „Großmeister der Dressur", kann auf spektakuläre Auftritte verweisen. Rumänische Stiere und Indische Elefanten, Tiger und Eisbären, vor allem aber Löwen sind von ihm vorgeführt worden. Nach Leipzig kommt Manuel Veltran, um hier ein neues Programm einzustudieren. Sein Schwiegervater, der Menageriebesitzer Montenegro, ist ein Geschäftspartner Pinkerts; das mag den Kontakt begründet haben.

Bald erscheinen die ersten Pressemitteilungen, werden die Absichten klarer. Ernst Pinkert möchte vor allem eines: die Löwen des Zoos vermarkten. Dass zum Zeitpunkt der Ankunft des Spaniers gar keine geeigneten Jungtiere vorhanden sind und in Breslau und Lübeck hinzugekauft werden müssen, erfahren die Leser nicht. Stattdessen berichten Feuilletonisten und Zeitungsreporter über die „Wüstensöhne vom Pleißestrand", die unter den Händen des Dompteurs „zu wahren Künstlern herangebildet" würden. Auch in den Memoiren von Robert Thomas wird die Arbeit Veltrans beschrieben. Bei der Suche nach Unterstützung hatte der Spanier ihn zum Gehilfen gewählt, den Wärter kurzerhand eingewiesen.

Claire Heliot, Holzstich aus der „Gartenlaube", 1898

Aus den Erinnerungen des Assistenten ergibt sich ein deutliches Bild. Fast alle der späteren Nummern Heliots gehören bereits zum Repertoire ihres Vorgängers, sind in der Fachwelt bestens bekannt. Detailliert und schnörkellos schildert Robert Thomas, wie die jungen Löwen an ihre Namen gewöhnt werden, wie lange es dauert, bis jedes Tier seinen Platz kennt und welche Mühe es bereitet, ehe ein Löwe das Laufen auf der zylindrischen Walze beherrscht. Die Löwenwippe und die Löwenparade werden ebenso erwähnt wie der Schlängellauf und die Sprünge der beiden Doggen. Der Dompteur „speist" mit den Raubtieren an einer Tafel, lässt sie über die Leiter spazieren und bettet sich in ihrer Mitte. Selbst die Namen der „Akteure" sind zum Großteil identisch, so als müsse ein ordentlicher Zirkuslöwe stets August, Cäsar oder Nero heißen.
Wie Claire Heliot nutzt Manuel Veltran die Methode der „zahmen Dressur", verzichtet er auf wilde Peitschenhiebe und dramatische Schreckensszenen. Die Vorstellung verläuft konzentriert und mit einer Ruhe, die dem Spanier als „Kaltblütigkeit" ausgelegt wird. Tatsächlich verfügt Veltran über Mut und Geduld, Erfahrung und Reaktionsvermögen. Auf Anhieb vermag er die Tiere einzuschätzen, erkennt er ihre Eigenheiten, spürt kleinste Veränderungen. Zweimal täglich werden die Kunststücke geprobt und neue Programmnummern vorbereitet. Immer aber gibt der Dompteur den Ton an, belohnt und schmeichelt, droht und bestraft. Denn eines weiß auch Veltran: Die Zeiten, wo es genügte, Löwen oder Tiger mit Krawall durch den Käfig zu hetzen, sind vorbei. Das Publikum ist anspruchsvoll und Raubtierdressuren werden an vielen Orten gezeigt. Ebenso enthusiastisch wie von dem Auftritt des Spaniers schwärmen die Journalisten von anderen Meisterdompteuren, loben sie das „Löwenkarussell" eines Julius Seeth oder den „Löwenritt" Wilhelm Hagenbecks.

So galant Manuel Veltran im Umgang mit seinen Löwen wirkt, so schwierig scheint er als Mensch zu sein. Schnell gibt es Ärger, häufen sich die Konflikte. Sein Auftritt in Leipzig bleibt Episode und bereitet vor allem Claire Heliot den Weg. Während sich die Spur des Spaniers verliert, feiert die „Miss mit den Löwen“ Triumphe. Bereits die Premiere am Pfingstsonntag 1898 gerät zum Erfolg. Über sechs Wochen gastiert sie in der alten Holzhalle des Zoos, tritt dreimal täglich vors Publikum. Ihr Programm lockt Tausende von Besuchern an und verspricht für die Zukunft hohe Gewinne. Das Interesse der Journalisten und ihre zahlreichen Berichte sind auch Ernst Pinkerts Verdienst. Mit Energie und Geschick kümmert er sich um die Details, rührt die Werbetrommel, stellt den ersten Tourneeplan zusammen. Als Impressario hat er Claire Heliot unter Vertrag genommen und diktiert nun die Bedingungen. So gehören sämtliche Löwen dem Leipziger Zoodirektor und selbst die Gründung der Zoologischen Aktiengesellschaft setzt die Vereinbarung nicht außer Kraft.
Ein halbes Jahr nach der Premiere veröffentlicht die „Gartenlaube“ eine spektakuläre Abbildung. Darauf sehen wir die Dompteuse mit Lederstiefeln und Peitsche, leicht geschürzt zwischen den Löwen. Das Programm sei außergewöhnlich, eine „Sehenswürdigkeit ersten Ranges“, heißt es in dem Familienjournal. Zu diesem Zeitpunkt hat Claire Heliot bereits in Köln, Stuttgart und Breslau gastiert. Noch in den Wintermonaten folgen Abstecher nach Belgien und Frankreich, danach ist sie in Dresden zu sehen. So geht es fast ohne Pause von Auftritt zu Auftritt, reihen sich die Namen der Städte aneinander. Obwohl es schwer sein dürfte, sämtliche Stationen zu benennen, sind wir über die wichtigsten informiert. Insbesondere der „Artist“, das „Zentral-

Claire Heliot mit zehn Löwen, um 1904

meine Romeo Achill
ze Bande

organ der Zirkus, Varieté-Bühnen und reisenden Theater" veröffentlicht genauere Angaben. Ernst Pinkert wiederum schaltet in dem Journal seine Werbeanzeigen, verspricht „die größte Sensation der Gegenwart" und eine „Vorstellung ohne Konkurrenz". Doch das ist erst der Anfang des Weges, der Beginn der Karriere. Was folgt, hätte sich niemand träumen lassen. Zehn lange Jahre gastiert Claire Heliot fast ununterbrochen, zieht mit den Tieren durchs Land. Die Großkatzen werden in Käfigwagen gehalten und paarweise zusammengesperrt. Auf Eisenbahnschienen und über Chausseen, auf dem Deck von Schiffsfähren und Ozeandampfern, in Kälte und Sturm geht es von Ort zu Ort, von Tournee zu Tournee. Solange es draußen warm ist, bedient sie die Völkerschauwiesen und Bühnen der zoologischen Gärten. Neunmal kommt sie nach Leipzig, fünfmal tritt sie in Stuttgart und dreimal in Dresden auf. Fast alle der Zoos sind auf solche Zugnummern angewiesen, benötigen jede Einnahmequelle. Wo eben noch Sengalesen getanzt und Musikkapellen gespielt haben, steht nun der sechzehnteilige Rundkäfig, strömen die Menschen zur Löwendressur. An einem der Sonntage des Programms zählt der Leipziger Zoo mehr als 17 000 Besucher – Zahlen, die sonst kaum erreicht werden.

Im Herbst aber, wenn das Wetter umschlägt, wechselt die Dompteuse in Varietees und Veranstaltungshäuser. Mit dem Zirkus Busch reist sie nach Warschau, mit dem Zirkus Schuhmann nach Antwerpen und Brüssel. Häufig sind ihre Vorstellungen in die Nummernprogramme der Unternehmen eingebaut, was sich vor allem bei Auslandstourneen als Vorteil erweist. Diese dauern oft monatelang und führen in zahlreiche Länder. Im Winter 1899 bricht Claire Heliot zu einem ersten Gastspiel nach England auf, besucht drei Jahre später Moskau und St. Petersburg und schließlich – wir kommen darauf zurück – auch die Metropolen der USA.

Begleitet wird Claire Heliot auf ihren Reisen von Hermann Haupt. Als Kutscher und Assistent ist der ehemalige Pikkolo des Leipziger Zoorestaurants unverzichtbar. Zwölf Jahre jünger als seine Chefin, sorgt er für den reibungslosen Ablauf der Vorstellungen, fährt er die Tiere in Rollkäfigen zum Auftritt und trägt die Podeste in die Manege. Wenn er zitternd und bebend im Scheinwerferlicht erscheint und beim ersten Fauchen der Löwen davonläuft, so gehört das zum Programm. Die „Feigheit" des Gehilfen unterstreicht den Mut der Dompteuse, löst beim Publikum Heiterkeit aus. In Wahrheit ist der in einer Bauernwirtschaft aufgewachsene Haupt alles andere als ängstlich. Beherzt und energisch hilft er Claire Heliot wiederholt aus kritischen Situationen. Der skurrile Humor des „Heliot-Fritzen" hat sich im Übrigen eingeprägt. So hinterlässt sein weithin bekannter Morgengruß „Sonst geht's, dankeschön, ihr Seehunde" noch heute ein Gefühl von Ratlosigkeit.

„Heil Dir im Siegerkranz"

Bei ihrer Arbeit muss die weit gereiste Hallenserin vieles beachten. Schon ein zu grelles Licht oder ein ungewohnter Geruch können die Aufführung stören. Aus gutem Grund benutzt Claire Heliot während der Proben die immer gleiche Ärmelschürze, gewöhnt sie die Tiere mit Sorgfalt an neue Kostüme. Gegen eines aber lässt sich nur wenig ausrichten: Je älter die Löwen werden, desto gefährlicher wird der Umgang mit ihnen. Die Rangkämpfe zwischen den Großkatzen nehmen zu und wie in der Zeit der Brunst erhöht sich das Risiko eines Angriffs. Letztlich bleibt dann nur die Trennung, die Rückkehr der Löwen in den Leipziger Zoo. Von hier bezieht Claire Heliot auch Ersatz – männliche Jungtiere, die geeignet und mit dem Menschen ver-

traut sind. Nicht weniger als 26 Löwen werden so nach und nach ausgetauscht.
In Leipzig kümmert sich Hermann Fischer um die „rebellischen Schausteller", begrüßt sie mit gewohnter Routine und Pferderippen. Er ist es auch, der für die Dompteuse neue Tiere auswählt und über Monate vorbereitet. Seit Mitte der neunziger Jahre verkauft der Zoo ganze Gruppen der Großkatzen: aneinander gewöhnte Löwen, Tiger und Panther. Die Abnehmer sitzen in Deutschland oder in Frankreich, den USA oder den Niederlanden. Da genauere Angaben fehlen, lassen sich nur wenige Adressen bestimmen. Fest steht, dass Claire Heliot dem Zoo neue Interessenten zuführt, der Ruhm der Löwenzucht auch mit ihrem Namen verbunden ist.
Damit das so bleibt, arbeitet die Dompteuse an ihrem Programm, erhöht sie die Zahl der „Akteure". Erst zwei, dann vier Doggen, erst neun, dann zwölf Löwen – nicht immer klappt die Eingewöhnung auf Anhieb. Bereits 1899 legt sie den Kopf in den Rachen eines der Tiere, lässt die Besucher für Momente den Atem anhalten. Wie gut es ihr gelingt, die Neugier des Publikums zu bedienen, beweisen die Zeitungsberichte. Häufig genügt eine einzige Novität, die dann breit herausgestellt wird. So berichtet das Tageblatt am 28. Juli 1903 über den Löwen Milo, der aus „Liebe zu seiner Herrin" mit den Vorderpfoten ein Schellengeläut bediene. Deutlich zu hören sei hierbei die Kaiserhymne „Heil Dir im Siegerkranz". Ähnlich patriotisch verlaufen die Auslandstourneen. Wo immer Claire Heliot die Manege mit ihrem Lieblingslöwen verlässt, trägt sie nicht nur das Tier auf den Schultern. Wahlweise hat Sascha die Trikolore oder den Union Jack, das Sternenbanner oder die Zarenfahne im Maul.

Normalerweise gastiert die Dompteuse drei bis acht Wochen in einer Stadt, tritt mehrmals am Tag vor das Publikum. Für den finanziellen Erfolg des Programms gilt es, intensiv Werbung zu machen. An vielen Orten erhalten Journalisten und Honoratioren Ehrenkarten, sind die besten Plätze für sie reserviert. Zuweilen empfängt Claire Heliot ausgewählte Gäste, bittet sie zu Speckkuchen und Kaffee, zu Zigaretten und Kümmelschnaps. Nach solchen Terminen erfahren die Leser der Tagespresse kleine Geschichten, Kurioses und Staunenswertes. Vor allem jedoch sind sie nun über den Liebreiz der Gastgeberin in Kenntnis gesetzt. Schnell schlägt der Ton ins Lyrische um, werden gewagte Vergleiche bemüht. „Wie die Königin Kleopatra auf ihrem purpurnen Prunkbett“, so ruhe „die Göttin Heliot im Mähnenwald ihrer Löwen“, heißt es im Leipziger Tageblatt.

Auch auf den Plakaten, die am Veranstaltungsort hängen, erkennen wir Ähnliches. Im langen griechischen Gewand schreitet uns die Dompteuse entgegen, an jeder Hand eines der Tiere. Die Kulisse ist frei erfunden, der gelbe Wüstensand ebenso wie die Palmen. Noch interessanter sind andere Motive. Die meisten von ihnen stammen aus der Werkstatt von Adolph Friedländer, der in Hamburg eine lithografische Druckerei betreibt. Obwohl seine Zeichner nach Fotografien arbeiten, stellen sie neue Szenen zusammen. Nur selten ist Claire Heliot während der Arbeit zu sehen. Stattdessen erkennen wir einen riesigen Löwen in sonderbarer Umgebung. Seine Herrin sitzt weit unter ihm auf einem Sessel, das Zimmer zeigt plüschige Eleganz.

Klarer lässt sich die Botschaft wohl kaum vermitteln. Die Erotik der Szene entsteht durch den Blick des Betrachters, den Anspruch des Löwenmannes. „Zum Anbeißen schön“ sei die Dompteuse, eine „Löwenbraut“, vermerken die Zeitungsreporter. Das mag seltsam makaber klingen und trifft doch den Kern. Gerade der Gegensatz zwischen den gefährlichen Tieren und der eleganten Weiblichkeit ihrer Herrin fasziniert das Publikum. Wenn Claire Heliot in die Manege tritt, erregt sie verborgene Sehnsüchte. Gefühlvoll und gefährlich, aktiv und selbstbestimmt scheint die schöne Dompteuse – das Frauenbild jener Jahre sieht anders aus.

„The woman without fear"

Am 29. September 1905 begibt sich Claire Heliot an Bord des Ozeandampfers Cemrie. Sie hat zum dritten Mal in England gastiert und fährt nun von Liverpool aus nach Amerika. Ihre Tournee ist von dem Leipziger Generalagenten Max Löschke organisiert worden, der sich um alle Details des Aufenthalts kümmert. Die Reise wird ein triumphaler Erfolg. Ob in New York oder Chicago, ob in Boston oder Philadelphia, überall, wo die Deutsche auftritt, jubelt ihr das Publikum zu, feiert man sie als „Herrin der Löwen", als „woman without fear". Sieben Monate bleibt Claire Heliot in den Vereinigten Staaten und durchquert den gesamten Nordosten des Landes. Nun erst steht sie auf dem Höhepunkt ihres Ruhmes, ist sie weltweit bekannt. Und doch hinterlassen die überlieferten Dokumente ein zwiespältiges Gefühl. Auf drei Fotos – aufgenommen in Chicago – schaut die Deutsche erschöpft und blass in die Kamera, eine vor der Zeit gealterte Frau. Auch die im Cosmopolitan Magazin veröffentlichten Tagebucheintragungen Heliots klingen fast melancholisch. In der Abfolge der Ereignisse erzählt sie uns von ihrer Arbeit und den kleinen Dingen am Rande:

„Donnerstag, den 8. März. Alles ging schief heute. Ich stand um halb sechs auf, um mit meinen Löwen zu proben. Es war dunkel, wie in der Nacht. Nebel wehte vom Michigan See heran. Obwohl ich mich schläfrig fühlte und zurück ins Bett wollte, zog ich mich an und erreichte um sechs das Theater. Ich fand Fritz, meinen Assistenten am Bühneneingang, wo er versuchte, den Nachtwächter zu wecken, der eingeschlafen war. Fritz schlug an die Tür und die Löwen begannen zu brüllen. Dann kam der Nachtwächter und öffnete.

Ich trainierte bis sieben Uhr. Othello hatte ekelhafte Laune und absolvierte widerwillig seine Arbeit. Sicher war es das Wetter, das ihm so zusetzte.

Nach dem Frühstück las ich die Post und fand einen Bericht von meinem Löwen-Kindergarten in der Nähe von Leipzig. In ihm wurde ich darüber informiert, dass Juliet vor zwei Wochen Mutter von drei prächtigen Jungen geworden war.

Um 10 Uhr bin ich Auto gefahren. Im Washington Park ging es kaputt. Niemand war bei mir und ich nahm die Straßenbahn zurück zum Hotel. Dort rief ich die Werkstatt an und ließ mir das Auto vorbeibringen. Zur Vormittagsvorstellung war alles in Ordnung, nur dass August, der schlechte Laune hatte, nach dem Auftritt nicht in den Käfig zurückgehen wollte.

Er griff nach meiner Peitsche und ich war gezwungen, ihm mit der Eisenstange zu drohen. In der vordersten Reihe rief ein hübsches Mädchen mit lockigem Haar: „Madame, warum schieben sie ihn nicht hinein?“ Das brachte mich zum Lachen.

Ich machte einen langen Spaziergang im Lincoln Park. Welch ein wundervoller Ort! Ich glaube, eines Tages wird Chicago eine schöne Stadt sein. Die Uferpromenade ist großartig und was für hervorragende Straßen.

Bei der Nachtvorstellung war das Haus bis auf den letzten Platz gefüllt. Ich hatte meine Peitsche verloren und musste warten, bis sie wiedergefunden wurde, bevor ich auf die Bühne gehen konnte. Eine meiner Dänischen Doggen hatte sie in die Hundehütte geschleppt. Während ich bei meinen Tieren war, gingen die Bänder meines Schuhs auf, doch ich wollte sie nicht vor dem Publikum zuschnüren. Dabei hatte ich ein unangenehmes Gefühl und musste mich in Acht nehmen, nicht auf sie zu treten. Vor allem als ich Sascha auf meinen Schultern zu seinem Käfig trug.

Heute erzählte mir jemand, dass Herr Caicedo, der kleine südamerikanische Seiltänzer, Großvater dreier Enkel und Vater von vierzehn Kindern ist. Das erscheint mir fast unmöglich, er ist so aktiv und schaut so jung aus.

Gestern bekam ich das glänzende Angebot, den nächsten Herbst drei Monate lang in Australien und Südafrika aufzutreten, was ich ablehnte. Ich möchte zurück nach Leipzig und habe so großes Heimweh. Im Laden von Marschall Field's, der vor kurzem gestorben ist, bestellte ich ein neues Kostüm. Außerdem bekam ich einen Brief von einer Frau aus Aurora. Sie wollte wissen, wie man Löwen trainiert.

Romeo und Milo, die böse waren, sind noch immer in ihrem Käfig eingesperrt. Morgen werde ich versuchen, wieder mit ihnen zu arbeiten."

Soweit der Eintrag im Tagebuch der Dompteuse. Dass Claire Heliot Heimweh hat, sich nach der vertrauten Umgebung und dem Klang ihrer Muttersprache sehnt, ist verständlich. Sieben Monate in der Fremde und in immer neuen Städten sind eine lange Zeit. Dennoch erklärt dies den Ton ihrer Aufzeichnungen nur zum Teil. Die kinderlose Dompteuse leidet unter der Einsamkeit, spürt die Anstrengungen der vergangenen Reisen. Noch „drei bis vier Jahre" will sie auf Tournee gehen und sich dann mit dem Ersparten zur Ruhe setzen. Als geschiedene Frau kann sie frei über ihr Vermögen verfügen, braucht keinerlei Rücksicht zu nehmen. Einen neuen Ehemann gibt es nicht, von einer Liebschaft fehlt jede Spur. Und auch wenn es in Erinnerungsberichten und Presseartikeln nur selten anklingt, so ist es doch hin und wieder vernehmbar: Fast „menschenscheu“ sei die Heliot „im privaten Umgang“ gewesen, „vorsichtig“ und „leicht zu verletzen“.

Sogar in Leipzig, der Stadt ihrer Jugend, scheint die nach Europa Zurückgekehrte kaum Freunde zu haben. Wie Hermann Fischer berichtet, ist er der Einzige, dem sie sich anvertraut. Mit Ernst Pinkert dagegen verbindet Claire Heliot allein das Geschäftliche. Mühsam hat sie sich bessere Konditionen erstritten, den nachteiligen Vertrag zu ihren Gunsten verändert. Von den 150 000 Mark, die sie aus den USA mitbringt, bekommt der Zoodirektor die Hälfte. Auch ansonsten sind die Einnahmen gewaltig. Rund 8000 Mark, so viel wie Fischer in vier Jahren verdient, beträgt die Monatsgage in Stuttgart. In anderen Tiergärten wird sie am Umsatz beteiligt, erhält 25 Prozent der Tages- und 50 Prozent der Sitzplatzeinnahmen. Von diesem Geld entlohnt Claire Heliot ihre Assistenten, bezahlt den Transport und kauft Fleisch für die Löwen. Sie selbst dürfte spätestens nach der Tournee durch Amerika eine wohlhabende Frau gewesen sein.

Gefährliche Überzeugungen

Wenn die Dompteuse von ihrer Arbeit berichtet, die Dressuren schildert und Anekdoten zum Besten gibt, legt sie auf eines Wert: Nie habe sie die Tiere geschlagen, sie „stets mit Liebe“ behandelt. „Ich schwinge die Peitsche über ihren Köpfen, mehr nicht“, erklärt sie den Journalisten. „Alles, was geschehe, geschehe ohne Gewalt. – Sobald dich ein Löwe liebt, bist du sicher. Er wird dich nicht töten, selbst wenn er es könnte.“ Und dann erzählt Claire Heliot, wie Sascha sie in den Arm gebissen habe, damals

Reklame für eine Aufführung von Claire Heliot, 1906

in Leipzig, während einer Vorstellung voller Nervosität. Ein Versehen, ein Unfall sei das gewesen, das Tier hätte ihren Arm mit einer weißen Fahne verwechselt. Ganz beschämt wäre der Löwe davongeschlurft, in einer Ecke habe er schließlich gelegen, die mächtigen Tatzen vor dem Gesicht.

Solche und ähnliche Geschichten sind es, die das Publikum fas-

zinieren. Das Einfühlungsvermögen der schönen Frau – so heißt es – verwandle „die Bestien zu Haustieren“. Paradiesische Zustände in einer Welt voller Gefahren. Hatten nicht eben noch Meldungen aus Afrika Entsetzen und Abscheu hervorgerufen? Berichte von menschenfressenden Löwen, von furchtbaren Szenen und mehr als 100 Toten beim Bau der Ugandabahn? In allen Zeitungen ließ sich das nachlesen und über Jahre hinweg sorgen die Ereignisse für Schlagzeilen. Neun Monate hatte der Leiter des Bauprojekts, John Henry Patterson, den „Bestien“ aufgelauert, sie nur mit Mühe zur Strecke gebracht.[5]
Die Aura von Liebe und Einvernehmen, mit der Claire Heliot die Löwen behandelt, wirkt da fast beruhigend. Der englische Tierschutzverein verleiht der Dompteuse eine Ehrenmedaille und stellt ihr Leben als Beispiel heraus. Die „Miss mit den Löwen“ scheint an das eigene Image zu glauben und führt weitere Argumente ins Feld. „Manche Menschen denken, dass es verhängnisvoll“ für den Löwentrainer sei, wenn eines der Tiere Blut sehe oder der Trainer zu Boden stürze. Beide Annahmen könne sie aus eigener Erfahrung widerlegen, nichts davon stimme. Stattdessen brauche es Liebe und Verständnis, Langmut und Geduld. Immer wieder übt Claire Heliot die einzelnen Nummern, geht schrittweise und systematisch vor. Im Gegensatz zu allen Beteuerungen kennt ihr Vertrauen Grenzen, verbindet sie eine genaue Kenntnis der Löwen mit dem Willen sich durchzusetzen. Wie komplex und vielschichtig die Verhältnisse im Rundkäfig sind, ist vielfach beschrieben worden und muss nicht wiederholt werden: das Fluchtverhalten und die kritischen Reaktionen der Tiere, ihre sozialen Kämpfe und symbolischen Zeichen, ihre Gewohnheiten und Reflexe – ein hochinteressantes Kapitel und ein Universum für sich.[6]

Der Beruf der Dompteuse verlangt Gefühle und Intuition. Schon deshalb gilt „die Heliot" als Künstlerin, wird sie wie eine Diva gefeiert. Nach manchen Vorstellungen erhält die Umjubelte Berge von Blumen, überbieten sich die Verehrer mit Komplimenten. Dass sie mit ihren Tieren Französisch spricht, „venez" und „allez" sagt, passt da ins Bild. Erscheinen besondere Gäste im Publikum, fällt ein Teil des Glanzes auch auf die Dompteuse. In Stuttgart besucht sie der König von Württemberg, in Berlin weilt die Kaiserin in der Abendvorstellung. Geschäftstüchtig werden solche Ereignisse vermarktet und häufig genug zurechtgebogen. So beschwert sich der Zirkusbesitzer Cesar Sidoli über die „nicht ganz reell erscheinende Art", mit der sich „die Heliot" in den Mittelpunkt stelle. Ob der englische König und der amerikanische Präsident die schöne Frau tatsächlich zur Audienz empfangen haben, ob es wirklich Zigarettenmarken mit ihrem Namenszug und Speisekarten mit ihrem Bild gibt, wissen wir nicht. Manchen Berichten zufolge soll die Deutsche mit dem an der Kette angeleinten Sascha zu den königlichen Banketten erschienen sein, in anderen ist von einem russischen Großfürsten und reichen Gönnern die Rede. Geschichten genug für eine große Karriere und das lange Leben danach.

Denn die Zeit des Abschieds naht unaufhaltsam. Früher als geplant und mit einem Abgang voller Dramatik zieht sich Claire Heliot aus der Manege zurück. Ein Blick auf die Berichte der letzten Tournee verdeutlicht den Grund. Einige der mächtigen Löwen werden immer gefährlicher und sind kaum mehr zu bändigen. Die Anhänglichkeit ihrer Jugend ist dahin, aggressiv verteidigen sie ihren Platz in der Gruppe. Wehe dem, der die Rangordnung zwischen den Tieren infrage stellt; jeder Eingriff in das Gefüge wird als Angriff gewertet. Claire Heliot müsste die Lö-

wen austauschen, dazu aber fehlt ihr die Kraft. Eben erst hat sie ihren 40. Geburtstag gefeiert, sie ist müde geworden in all den Jahren.
So erklärt die Dompteuse ihren Rückzug und gastiert ein letztes Mal im Leipziger Zoo. Die Auftritte werden zum Stadtgespräch, sind begleitet von Ovationen. Erneut feiert das Publikum „Pinkerts Löwenbraut“, erscheinen Dutzende von Besprechungen. Viele der Journalisten kennen Claire Heliot seit langem und nutzen die Gelegenheit zum Resümee. Getragen und weihevoll geht es zu, im Vordergrund steht der Applaus. Auch das Leipziger Tageblatt reiht sich in die Gratulantenschar ein und veröffentlicht am 8. Mai 1907 folgenden Beitrag:
„Ein volles Dezennium hat sich in diesen Tagen erfüllt, seitdem die kühne Dompteuse Miss Claire Heliot ihren schweren und gefährlichen Beruf als Erzieherin gelehriger Löwen in Leipzig auszuüben und sich in den Dienst der Arena zu stellen begann. Wenn sie jetzt an den Ausgangspunkt ihrer Tätigkeit für ein kurzes Gastspiel heimkehrt, so erfüllt sie eine Pflicht des Dankes. Gerade hier in Leipzig sind ihr reiche Beweise vollster Sympathie zuteil geworden, so nachhaltig wie in kaum einer anderen Stadt. Mögen der lieblichen Dompteuse bei ihrem Auftreten Engländer, Russen, Amerikaner, Österreicher, Franzosen, Belgier, Ungarn zugejubelt und Lorbeeren geflochten haben, herzlicher wird sie anderswo kaum aufgenommen worden sein als in Leipzig an der Pleiße. Das lässt sich auch heute wieder nachdrücklich erkennen, da Miss Claire Heliot ihr Spiel mit den Löwen im großen Rundkäfig auf der Sommerbühne des Zoologischen Gartens unter dem Beifall einer täglich an Zahl wachsenden Zuschauerschaft begonnen hat. Wer den Zeitraum von zehn Jahren überschaut, in dem Miss Heliot gewirkt und gearbeitet hat, der wird es begreiflich finden, dass die liebliche Löwenkönigin, wie man sie genannt hat, nach den aufreibenden und

nervenanspannenden Pflichten ihres unendlich schweren Berufs sich nach Ruhe sehnt. Freilich, das gesteht sie selbst zu, schwer, unendlich schwer, wird es ihr werden, sich von den treuesten ihrer bemähnten Großkatzen zu trennen. Noch immer trägt die mutige Dompteuse den gewaltigen ‚Sascha' auf ihren Schultern bis zur Gittertür des Käfigs, wenn er auch im starken Gegensatz zu seinem früheren Gewicht von 150 Pfund die erstaunliche Schwere von 360 Pfund erreicht hat, noch immer spielt sie furchtlos neckend mit dem zähnefletschenden und mit den Tatzen fuchtelnden ‚August'. Und das vollbringt eine Vertreterin des ‚schwachen' Geschlechts! Wer so, wie Miss Heliot die Intelligenz der Löwen erkannt und sie weiter ausgebildet hat, der darf sich getrost zu den ersten Künstlern der Dressur zählen. Und eine Künstlerin ist Miss Heliot. Nicht mit klatschender Peitsche regiert sie ihre Gewaltigen aus dem Raubtierreiche, sondern mit echter vornehmer Frauenmilde, mögen die Löwen sich nun zur Siesta vereinigen oder beim so genannten ‚afrikanischen Gastmahl' sitzen. Miss Claire Heliot, die übrigens in entzückender Toilette, meist Veilchenblau den Salon – pardon, den ‚Löwenkäfig' – betritt, kennt in der Tat das Kapitel vom Umgang mit den Bestien ganz genau, wie die mannigfachen ‚Kratzer' an ihren Armen beweisen, die sie freilich nicht im mindesten verdient hat."

Die „Kratzer", von denen der Journalist spricht, sind in Wirklichkeit Bisswunden. So wissen wir von Unfällen in Berlin, Brüssel und Blackpool. In Chicago dagegen verbeißen sich mehrere Tiere ineinander, ohne dass die Dompteuse den Kampf unterbinden kann. Auch während der Abschiedsvorstellungen in Leipzig kommt es zu einer bedenklichen Szene. Der Löwe Luchs schnappt nach dem linken Unterarm seiner Herrin, die Wunde blutet und muss behandelt werden. Einen Tag nur pausiert Claire Heliot und setzt dann ihre Auftritte fort. Abstriche am geplan-

ten Programm macht sie nicht. Anfang Juni endlich ist in der Messestadt Schluss, geht das Gastspiel zu Ende. Noch einmal werden ihr Rosen und Vergissmeinnichtsträuße zugeworfen, verbeugt sich die Dompteuse im Lorbeerkranz vor dem Publikum. Zwei Engagements hat sie nunmehr noch einzulösen, eines in Budapest und eines in Kopenhagen.
Im Zirkus der dänischen Hauptstadt erlebt Claire Heliot den schwersten Angriff ihrer Karriere. Erneut ist es der Löwe Luchs, der sie attackiert. Während sie einen Streit zwischen zwei anderen Tieren schlichtet, nutzt Luchs die Gelegenheit, setzt blitzschnell zum Sprung an. Den Berichten über den Vorfall ist das Entsetzen noch anzumerken. Seine „mächtigen Krallen und Zähne" habe der Löwe in ihren Rücken geschlagen. In „hellen Strömen" wäre das Blut „über das dekolletierte Kleid" gelaufen. Vergeblich versucht sich die Dompteuse zu wehren, die Kontrolle zurückzugewinnen. Mit Eisenstangen schlagen die beiden Assistenten auf das Tier ein und lenken es schließlich ab. Wie ernst die Verwundungen sind, zeigt sich im Krankenhaus. Schmerzen und Fieberanfälle fesseln Claire Heliot ans Bett. Sie selbst hat später bekannt, dass in diesen Momenten ihr Glaube an die Liebe der Löwen ins Wanken gekommen sei.

Verstreute Erinnerungen

Und so endet die Karriere 1907 eben noch rechtzeitig. Viele Dompteure haben weniger Glück, verlieren das gefährliche Spiel. Claire Heliot aber zieht sich zurück und weiß, dass es kein Comeback geben wird. Das Publikum ist unerbittlich, eine alternde Diva will niemand sehen. Die Löwen werden von Ernst Pinkert an den Zirkus Sarrasani verkauft, wo der Assistent Hermann Haupt eine eigene Dressurnummer zeigt. Auch er wird ein bekannter Dompteur und bezieht seine Tiere aus dem Leipziger Zoo. Warum Claire Heliot die Messestadt verlässt, sich nicht hier, sondern bei Stuttgart niederlässt, ist unbekannt. In der Umgebung der schwäbischen Metropole erwirbt sie ein Landgut, von der sächsischen Staatsregierung die Erlaubnis, ihren Künstlernamen beizubehalten. Rund 75 000 Mark, eine gewaltige Summe, kostet der Rappenhof, die neue Heimat. Mit Pferden und Kühen, Schafen und Hunden lebt sie hier fast 14 Jahre. Dann ist der Traum ausgeträumt. Durch die Inflation verliert die „Rappenhofbäuerin" allen Besitz und schlägt sich schließlich mit dem „Verkauf kosmetischer Produkte" durch. Vergessen wird sie trotz alledem nicht. Schon früh erscheinen erste Erinnerungen, kleine Artikel, verstreut in der Tagespresse. „Eine gute Deutsche, blond und blauäugig, elegant und stattlich" nennt sie der Berliner Zoodirektor Ludwig Heck in den dreißiger Jahren. Verehrer und Kollegen wie Alfred Lehmann und Paula Busch beschreiben die Begegnung mit ihr, erzählen von großen Momenten. Vor allem in der Wahlheimat Stuttgart gilt sie bald als Legende. In Memoiren und episodenhaften Berichten erinnern sich Bürger der Stadt an die schöne Dompteuse. Zwischen Bewunderung und Sentimentalität schwanken auch die letzten Meldungen über ihr Leben. Im Zweiten Weltkrieg wird Claire Heliot ausgebombt, wechselt mehrfach die Adressen und wohnt zum Schluss in einem Stuttgarter Altersheim. Die Verhältnisse hier sind spartanisch, ein einziger Raum für drei Personen. Wenige Monate vor ihrem Tode besucht sie noch einmal eine Raubtierdressur, eine halbblinde Frau, nun sechsundachtzigjährig. Als der Name des Gastes bekannt gegeben wird, brandet im Publikum Beifall auf; am nächsten Tag steht ein kleiner Bericht in der Presse. An den Folgen eines Unfalls ist Claire Heliot am 9. Juni 1953 gestorben. Ihr schlichtes Grab befindet sich auf dem Stuttgarter Waldfriedhof.

Die Leipziger Löwenjäger

Angst und Begeisterung

Nichts ist so unersättlich wie das Bedürfnis nach Sensationen. Das Publikum sucht den Nervenkitzel und will unterhalten sein. Noch gibt Claire Heliot ihre Abschiedsvorstellung, schon treten neue Akteure ins Rampenlicht. Und wieder berichten die Journalisten von tollkühnen Dressuren und erstaunlichen Szenen. Gefährlich wird dies für die Zuschauer kaum. Sie begnügen sich mit dem Schrecken, „durchleiden" den Auftritt im Schutze der Gitterstäbe. Auch im Zoo leben die Löwen hinter Eisenstangen und Mauerwerk. Der König der Tiere scheint seiner Waffen beraubt, ist dem Willen des Menschen ausgeliefert. Viele Besucher empfinden das als Triumph, als natürliche Ordnung der Dinge. Doch während sie sich in Sicherheit wähnen, sehen die Behörden Gefahren. So erlässt das Leipziger Polizeiamt am 27. März 1913 „Bestimmungen zur Beförderung größerer Raubtiere". Nur in der Nacht sind die exotischen Passagiere zu transportieren, schriftlich muss die Genehmigung eingeholt werden.

Wehe aber, wenn alle Vorsichtsmaßnahmen versagen. Der Ausbruch von Großkatzen weckt uralte Ängste, erzeugt im Handumdrehen Kopflosigkeit. Ob in Leipzig, Hamburg oder Breslau, die seltenen Vorfälle prägen sich ein und gehören zu den Legenden der Stadtgeschichte. Im Herbst 1861 zum Beispiel entspringt aus der Menagerie Gottlieb Kreutzbergs ein prächtiger Löwe. Der Schausteller hat an der Alster gastiert und ist eben dabei, St. Pauli zu verlassen, als die Ereignisse ihren Lauf nehmen. Ein Pferd wird gerissen, der Menageriewagen stürzt auf die Seite – Panik entsteht. Einhundert Taler und die Goldene Medaille der Patriotischen Gesellschaft erhält der Fuhrknecht Heinrich Rundshagen, der den Löwen schließlich zur Strecke bringt.

Noch dramatischer verläuft die Leipziger Löwenjagd. Das liegt zum einen an der Zahl der getöteten Tiere, zum anderen an den Umständen. Im Oktober 1913 herrscht an der Pleiße gehobene Stimmung. Seit Wochen haben Turn- und Musikvereine, der Patriotenbund und der Alldeutsche Verband die Einweihung des Völkerschlachtdenkmals vorbereitet und Hunderte von Veranstaltungen durchgeführt.[7] Stark und wehrhaft soll dieses Deutschland sein, gerüstet zu neuen Siegen. Das Maß der Feierlichkeiten stellt alles Bisherige in den Schatten. Girlanden und Tannengebinde, Flaggen und Ehrenpforten schmücken den Weg der geladenen Fürsten. Am Abend des 18. Oktober, dem Tag der Denkmalweihe, erleuchten riesige, mit Gas betriebene Feuerpfannen die Bauten der Innenstadt. Nur einen Tag später – die Festreden sind gerade verklungen – brechen in Leipzig acht Löwen aus. Und als ob der angestaute Tatendurst endlich zu seinem Recht kommen müsste, hebt ein Gemetzel an.

Ein folgenreicher Unfall

Mit dem Zoologischen Garten und seinen Mitarbeitern haben die Ereignisse zunächst nichts zu tun. Die Löwen stammten vielmehr aus dem Zirkus Barnum, der seit dem 8. Oktober in Leipzig gastiert. Die Zeitungsberichte über die Vorführungen klingen viel versprechend. Was da auf dem Messplatz vor dem Frankfurter Tor geboten wird, genügt allen Ansprüchen. Eine Gruppe chinesischer „Zopfakrobaten“ wetteifert mit „Schleuderbrettkünstlern", der „Mann mit dem eisernen Genick" balanciert Gewichte, ein Lassowerfer versetzt die Zuschauer in Erstaunen. Berühmt aber ist der seit 1878 existierende Zirkus für seine Tierdressuren. Damit sind weniger die von einem Clown präsentierten Gänse gemeint als die zehn Berberlöwen der Direktorin. Gemeinsam mit einer Eisbärennummer gehört die Dressur zu den Höhepunkten des Programms.

Im Umfeld der Denkmalweihe macht der Zirkus gute Geschäfte. So wird das Gastspiel verlängert und geht erst am 19. Oktober zu Ende. Nun allerdings ist Eile geboten. Unmittelbar nach der Abendvorstellung beginnt der Abbau des Zeltes, werden die Leinwände zusammengelegt. Den Transport der Raubtierkäfige hat die Leipziger Firma Hötsch & Sohn übernommen – ein Routineauftrag wie andere auch. Der Weg der Pferdegespanne führt zum Berliner Bahnhof, von dort soll die Reise nach Köthen gehen. Dazu freilich kommt es in dieser Nacht nicht. Um sich vor dem Verladevorgang ein wenig zu stärken, kehren die Kutscher kurz nach 23 Uhr in der Gastwirtschaft Graupeter ein und lassen die Wagen ohne Aufsicht zurück.

Ob die beiden Männer in der kleinen Kneipe vier oder acht Bier getrunken haben, beschäftigt später das Schöffengericht und kann nie geklärt werden. Fest steht, dass zum Zeitpunkt der Ereignisse leichter Nebel herrscht, ein kaltes und ungemütliches Wetter. Sei es, dass die Pferde den Geruch der Raubtiere wittern, sei es, dass sie einfach nicht länger warten wollen – das Gespann des hinteren Wagens scheut und drückt die Deichsel in die Rückwand der Löwenfuhre. Und wie um das Durcheinander komplett zu machen, biegt Sekunden danach eine Straßenbahn um die Ecke und schrammt das nun auf die Schienen geschobene Hindernis.

Der zweite Vorfall verschärft zwar das Chaos, spielt aber sonst kaum eine Rolle. Durch das Loch in der Holzwand des Löwenwagens sind acht der zehn Tiere bereits ins Freie gelangt. Eben um diese Zeit dreht der Schutzmann Bruno Weigel seine Kontrollrunde durch das Revier. Die nächsten Minuten werden das Leben des Polizisten verändern, ihm die Beförderung zum Kommissar und den Ruf eines unerschrockenen Mannes eintragen. In der Abfolge der Ereignisse ist er der erste, der am Ort des Geschehens eintrifft. Selbst 25 Jahre später erinnert sich der pensionierte Polizist an alle Einzelheiten jener Nacht, fasst er die Vorfälle lebhaft zusammen:

Der Bericht des Bruno Weigel

„Ich war im Grunde genommen froh, dass mein Dienst sich dem Ende zuneigte – da hörte ich plötzlich Hilfeschreie! Ich beschleunigte meine Schritte und als die Hilferufe, die von vielen Personen zugleich ausgerufen wurden, sich immer mehr verstärkten, immer lauter an mein Ohr gellten, nahm ich meinen Säbel im Laufschritt in die Hand und lief in die Richtung, aus der die Rufe kamen. Als ich an der Gastwirtschaft Graupeter in der Berliner Straße angelangt war, sah ich im Nebel zwei Zirkuswagen stehen, hinter denen die Straßenbahn hielt. Zur gleichen Zeit bemerkte ich, wie einige Löwen unablässig auf die Pferde sprangen, die vor die Wagen gespannt waren. Nun gab es für mich kein Überlegen mehr. Ich war mir sofort bewusst, dass ich alles tun musste, um die Löwen von den Pferden abzubringen und sie zu verscheuchen, damit sie sich nicht etwa auf die Menschen stürzten. Ich zog meinen Revolver – wir hatten damals nur Trommelrevolver – und schoss meine sechs Patronen auf die Löwen ab. Damit erreichte ich, dass sie von den Pferden abließen und flüchteten. Nun rannte ich, was ich konnte, nach der Wache am Yorkplatz, um meine Kollegen zu holen.

Zivilisten waren schon dort gewesen und hatten Meldung erstattet, dass ‚der Löwe los sei', aber der Wachhabende hatte das für einen schlechten Scherz gehalten. Da kam ich mit dem Rufe hereingestürzt, dass acht Löwen frei auf der Straße herumliefen. Schnell rafften wir alle Munition, die vorhanden war, zusammen und stürmten in die Berliner Straße zurück."
Der von den Leipziger Neuesten Nachrichten veröffentlichte Rapport klingt präzise und einleuchtend. Bereits 1913 aber existieren auch Zweifel an dieser Darstellung. Dass die Löwen unablässig auf die Pferde gesprungen sein sollen, wird als Dramatisierung empfunden. Klar ist letztlich nur folgendes: Weigels Pistolenschüsse sind der Beginn jener spektakulären Jagd, die rund 70 Ordnungshüter bis in die frühen Morgenstunden veranstalten. Darüber hinaus gerät das ganze Stadtviertel in Aufruhr. „Das Publikum", so einer der Augenzeugen, „beteiligte sich zum Teil sehr stark an den Ereignissen. In der Berliner Straße wurde aus den Fenstern geschossen, Soldaten mit gezogenem Seitengewehr und Passanten mit Stöcken und Schirmen eilten den aufgeregten Tieren hinterher."

Viele Helden

Von alledem ahnt die Dompteuse der Löwen nicht das Geringste. Im Wohnwagen lässt sich Helene Kreiser zum Bahnhof fahren, nach dem anstrengenden Tag schon im Halbschlaf. Dann jedoch hört sie den Lärm der Passanten und zahlreiche Schüsse. Als sie neugierig geworden nach draußen schaut, steht ihr niemand zur Seite. Nur notdürftig bekleidet stürzt sie auf die Straße, ruft ihre Tiere beim Namen, umschlingt einen der herbeigelaufenen Löwen mit den Armen. Inzwischen hat die Aufregung zugenommen, ist die Kampfeslust aufs Äußerste gereizt. „Nicht schießen! Nicht schießen! Es sind doch meine Lieblinge!“, schreit die Verzweifelte ohne Erfolg. Stattdessen zerren die Schutzleute Helene Kreiser beiseite, bekommt der Löwe einen Treffer ins Hinterteil. Gleichzeitig liegt ein weiteres Tier röchelnd am Boden, schlägt einer der Ordnungshüter mit der Eisenstange auf die Großkatze ein. Mutlos und mit den Nerven am Ende zieht sich die Dompteuse zurück und versucht, die beiden noch im Wagen gefangenen Löwen zu beruhigen. Als ihr Mann, der Zirkusdirektor Arthur Kreiser, am Unfallort eintrifft, bricht sie ohnmächtig zusammen und wird in eines der umliegenden Häuser gebracht.

Wenige Minuten darauf klingelt in der Wohnung des Leipziger Zoodirektors das Telefon. Johannes Gebbing, der nach dem Tode Pinkerts die Leitung des Tiergartens übernommen hat, hebt schlaftrunken den Hörer ab. Am anderen Ende meldet sich ein Leutnant der Schutzpolizei. Die Löwen seien los! Er müsse sofort zu Hilfe kommen, erfährt der erstaunte Direktor. Nach drei Sätzen ist klar, dass es sich um Zirkustiere handelt und am Ort des Geschehens chaotische Zustände herrschen. Mehrere Pferde sollen verwundet sein, ein Löwe wäre im Führerstand eines Autobusses erschossen worden. Johannes Gebbing begreift den Ernst der Situation und trommelt die erreichbaren Mitarbeiter zusammen. Transportkisten werden verladen, der Oberwärter Hermann Fischer öffnet das Tor des Wirtschaftseingangs. Dann macht sich der kleine Trupp von sechs Männern auf den Weg.

Mit Talent und sichtlich angetan von der eigenen Courage hat der Direktor die Ereignisse später geschildert. In seinen Memoiren, die uns noch intensiver beschäftigen werden, lesen wir folgendes: „Die kritische Ecke in der Berliner Straße war bis auf einige Polizisten mit gezogenen Revolvern leer! Ihre Löwenstrecke belief sich bereits auf fünf Stück. Drei Löwen sollten noch leben. ‚Wo sind sie …?‘ ‚Einer ist im Hotel Blücher.‘ Potztausend! Ich ging hinein, nahm einen Stuhl, den ich mit vorgestreckten Beinen als Schild benutzen wollte und fahndete nach dem Flüchtling. Im Hause eine geheimnisvolle Spannung und Unruhe. Aus allen Türen vorsichtig spähende Köpfe. Damen im Negligé und Herren in Unterhosen mit erwartungsschweren Gesichtern. Alle auf der Lauer, die Türklinke fest in der Hand, um beim geringsten Zeichen sofort zu verduften! Aber wo war der Löwe ...? Nach einigem Suchen stellte ich fest, dass er sich diskret in den kleinsten Raum des Hauses, den Lokus, zurückgezogen hatte. Die Tür war ins Schloss gefallen. Ich machte sie leise auf und lockte den Löwen mit den zartesten Katzenlauten. Er stutze, guckte mich an und antwortete dann auf gleiche Art. Offenbar freute er sich, in dem erregten Tohuwabohu eine Menschenseele gefunden zu haben, die seine Sprache sprach. Ich nahm ihn an der Mähne, kraulte ihn und führte ihn wie einen willigen Hund in den Käfig, den ich herbeigeordert hatte und der sich sofort hinter ihm schloss."

Soweit dieses Husarenstück. Allerdings berichten Augenzeugen, dass es sich bei dem Tier in Wahrheit um eine Löwin gehandelt habe und der Zirkusdirektor Arthur Kreiser noch vor Gebbing zur Stelle gewesen sei. Polly – so der Name des Weibchens – hatte sich mit einem Sprung durch die geschlossene Glastür des Hotels in Sicherheit gebracht und war hier in die Falle gegangen. An dem Entsetzen der Hotelgäste ändern die Details wenig. Eine energische Dame, die gerade ihre Schuhe vors Zimmer stellen will, schlägt Alarm; ein aus dem Tiefschlaf geweckter Franzose denkt zunächst an ein Kalb, ehe er ein tiefes Knurren vernimmt. Das glückliche Ende der Episode zeigt, dass es auch anders geht. Nach längerer Diskussion einigen sich Gebbing und der kommandierende Polizeileutnant darauf, die zwei noch verbliebenen Tiere lebend zu fangen. So kann ein bereits angeschossener Löwe, der sich in den Hinterhof eines Hauses gerettet hat, ohne

Mühe in die Holzkiste verfrachtet werden. „Er kroch verstört und hinkend hinein“, heißt es in den Berichten. Schwieriger wird es mit dem letzten der Flüchtigen. Im Durcheinander des Gemetzels ist der Löwe Abdul auf die Gleisanlagen des Berliner Bahnhofs geraten und irrt ziellos durchs Dunkel. In langen Reihen schwärmen die Männer aus. Die Situation bleibt angespannt, demnächst soll ein Zug einlaufen, bis dahin muss die Aktion beendet sein. Und erneut gibt es unterschiedliche Erinnerungen an die Ereignisse. In den Dokumenten präsentieren sich gleich mehrere Helden, wobei der Bericht Arthur Kreisers am wahrscheinlichsten ist.

Der von den Polizisten alarmierte Zirkusdirektor ruft Abdul beim Namen, spürt die Erregung des Löwen. Um ein Fangnetz zu organisieren und das ängstliche Tier zu beruhigen, zieht er sich schließlich zurück. Gleichzeitig wird Johannes Gebbing zur Hilfe gerufen. Der übernimmt selbstbewusst das Kommando und dirigiert seine Männer mit dem Transportkasten in die Nähe der Lore. Im Schutze von mitgeführten Brettern schleichen der Zoodirektor, die Wärter und zwei Dompteure langsam auf das Versteck zu. Der Löwe soll hervorgelockt und in die Kiste getrieben werden. Die Polizisten und Feuerwehrleute halten sich abseits, stehen im Rundkreis und warten. Dann aber verliert irgendjemand die Nerven und wirft einen Stein. Abdul springt nach vorn, dreht sich urplötzlich um und flüchtet zur Seite. Ein wahres Trommelfeuer hebt an. Eine halbe Stunde, so Hermann Fischer, haben die „geknackert“, ehe Stille einkehrt.

Wie die spätere Obduktion ergibt, weist der Löwe 165 Treffer auf, ein wahres Massaker. Weshalb die Polizisten derart die Nerven verlieren, sich zudem gegenseitig gefährden, können wir nur erahnen. Die Bilanz der nächtlichen Jagd ist für den Zirkusdirektor ein Schock. Sechs Löwen mit einem Gesamtwert von 30 000 Mark sind tot, zwei nur überleben den Ausbruch. Weinend soll sich die aus der Ohnmacht erwachte Dompteuse über ihre Lieblinge geworfen haben. Deren Kadaver bleiben noch einige Zeit in der Berliner Straße liegen und werden dann auf die Polizeiwache gebracht. Ernst und entschlossen lassen sich die Ordnungshüter hier fotografieren. Eine Serie von Bildern entsteht, Männer mit Pickelhauben, zu ihren Füßen die toten Tiere.

Am nächsten Morgen überbieten sich die Zeitungen mit Schreckensmeldungen. Da ist von furchtbar zugerichteten Pferden die Rede, da von einem „durch Löwen besetzten Hotel". Immer neue Augenzeugen melden sich nun zu Wort, arglose Bürger, hineingezogen in den Strudel der Ereignisse. „Eine Löwenjagd in der modernen Großstadt. Nicht oft dürfte man die Gelegenheit eines solchen Schauspiels erhalten, und man wird es unseren Leipzigern nicht verübeln, dass sie das erhebende Bewusstsein, einen solchen historischen Moment erlebt zu haben, selbst mit der Gefahr eines Bisses oder Prankenhiebes erkauften", betonen die Neuesten Nachrichten. Tagelang geistert das Thema durch die Presse, wobei sich in die Berichte schnell ein humoristischer Unterton mischt. Über Telegraphenagenturen werden die Vorfälle in ganz Deutschland bekannt und erregen auch im Ausland Aufmerksamkeit. Für den Pariser Le Matin ist die „Leipziger Löwenjagd" eine willkommene Gelegenheit, sich über die Weihe des Völkerschlachtdenkmals lustig zu machen – ein Angriff, der von den heimischen Medien umgehend pariert wird. Im Wirtschaftshof des Zoologischen Gartens sind die Trophäen noch im Oktober acht Tage lang ausgestellt. In endlosen Zweierreihen schieben sich die Menschen an ihnen vorbei. „Wie tote Fürsten hat man sie geehrt", resümiert Johannes Gebbing pathetisch, während Hermann Fischer über das Interesse der Leipziger staunt. Doch damit nicht genug. Ein Teil des Fleisches wird für zwei Mark das Pfund verkauft, die „Filetstücke" er-

Schutzpolizisten mit den erschossenen Löwen, 20. Oktober 1913

wirbt der Besitzer von Äckerleins Keller. Mit großem Rahmenprogramm serviert er in seiner Gaststätte „Löwenschwanzsuppe nebst getrüffelten Tatzen“ und andere „Köstlichkeiten“. Die Mitarbeiter der Firma Webke aber ziehen den Kadavern das Fell ab, stopfen eines der Tiere aus und fertigen aus den übrigen Wandbehänge. Den Rest erledigt die chemische Fabrik Taucha, wohin die Knochen und Fleischabfälle in zwei Fässern geliefert werden.

Die Stunde der Experten

Über die Vorfälle in der Nacht vom 19. zum 20. Oktober entbrennt bald eine heftige Diskussion. Sie wird – wenn auch unbewusst – von den Behörden geschürt, die Arthur Kreiser und den Kutscher des Wagens zu einem Bußgeld verurteilen. Beide Männer legen Widerspruch ein, das Verfahren dauert zwei Monate und endet mit einer Geldstrafe. Die Beklagten müssen 25 und 100 Mark zahlen, das Gericht lässt ihre Argumente nicht gelten. Interessanter als die Urteilsbegründung, in der es vordergründig um Aufsichtspflichten und verrostete Nägel geht, sind andere Fragen. Vor allem die Gefährlichkeit der Zirkustiere scheint manchen Experten zweifelhaft. „Ein entsprungener Löwe dürfte unter der Fülle der neuen Eindrücke, die auf ihn einströmen, schnell die Orientierung verlieren und verängstigt den nächstbesten Schlupfwinkel aufsuchen“, schreibt der Leipziger Zoodirektor nach den Ereignissen. Otto Sailer-Jackson und Karl Deutrich, zwei berühmte Zirkusdompteure, gehen noch einen Schritt weiter: Erst durch die sinnlose Schießerei seien die Tiere gefährlich geworden. „Man liest hin und wieder von Untaten dressierter Löwen und Tiger, aber man wird sich nicht erinnern, dass jemals ausgebrochene Bestien auf die Menschheit losge-

Scherzpostkarte mit einem Motiv der Leipziger Löwenjagd, 1913

gangen wären", bemerken sie in ihrer Expertise. Die beiden Dompteure mühen sich umsonst. Der Staatsanwalt weist das Gutachten zurück und unterstellt eine Kameradschaft der Zirkusleute. Auf keinen Fall will er die Polizei in Misskredit bringen, das Vorgehen der Ordnungshüter zum Thema machen. Doch als das Papier wenige Tage später in der Leipziger Volkszeitung erscheint, werden selbst kritische Leser Zweifel geäußert haben. Die Ratschläge der Dompteure scheinen allzu gewagt: „Lassen Sie sich", so der Hinweis, „durch frei umherlaufende Löwen ebenso wenig stören wie durch frei herumlaufende große Hunde. Schreien Sie nicht, kreischen Sie nicht, rennen Sie nicht blindlings davon, schießen Sie vor allen Dingen nicht, sondern holen sie irgendjemanden, der mit den Tieren umgehen kann."

Das mag vernünftig klingen, ist aber viel verlangt. Zudem gibt es weitere Stellungnahmen, in denen das Gegenteil steht. Schon ein kurzer Aufenthalt in der Freiheit, unterstreicht der Menageriebesitzer Richard Sawade, könne die Löwen in den Zustand „ihrer natürlichen Wildheit" zurückversetzen. Ein Raubtier sei unberechenbar, eine Gefährdung der Öffentlichkeit. Und so rumort der Streit hin und her, ohne dass man sich einigen kann. Immerhin werden Fragen gestellt, treten Probleme zu Tage. Wodurch unterscheiden sich die Löwen der Manege von jenen der Wildnis? Niemand hat das je erforscht.

Das Interesse der Leipziger geht in eine andere Richtung. Auf den Schreck folgt das Gelächter. Scherzpostkarten und Reklamemarken, Spottlieder und Humoresken entstehen, dutzende Verse machen die Runde. „Bricht mal aus e Lewentier/Reißt nicht aus wie Leschpapier/Trotzt wie einst vor hundert Jahren/Selbst den größten der Gefahren!" – wird munter drauflos gereimt. Ernstere Naturen sehen in dem Ereignis ein Menetekel, verweisen auf die wachsende Kriegsgefahr. Doch das sind Einzelfälle, zumeist gilt das Ganze als Schildbürgerstreich, als heiter-verschrobene Episode. Zu runden Jubiläen erscheinen Zeitungsartikel, wird die Erinnerung wach gehalten. In der DDR-Zeit gibt es ein Interhotel zum Löwen, in dem die Kellner das Nussparfait Polly servieren. Wie lebendig die Ereignisse nach Generationen noch sind, zeigt sich im Januar 1983. Als eine Assistentin des Zoos versucht, den Vorfall zu recherchieren und die Bevölkerung um Unterstützung bittet, erhält sie 100 Zuschriften. Keiner aber ist so mit der Geschichte verbunden wie Bruno Weigel, der pensionierte Polizeikommissar. Noch auf dem Grabstein wird das wohl wichtigste Ereignis dieses Lebens vermerkt: „Am 19.10.1913 kämpfte er in Leipzig mit 8 ausgebrochenen Löwen", heißt es hier knapp und eindrucksvoll.

Am Leipziger Raubtierhaus, Aquarell von Heinrich Leutemann, 1894

Claire Heliot (1866–1953). Als Plakat gedruckte Farblithografie, um 1903

Zooplakat, um 1930

„Sehnse, das sind nu uns're neuen Löwen aus Leipzig!", Illustration, Berlin 1935

Einer der großen Löwen des Leipziger Zoos auf den Raubtierterrassen, um 1987

Der Tierpfleger Hans-Werner Schuldei mit dem 2000. Zoolöwen, um 1964

Johannes Gebbing und die Löwen im Kino

Ein ungewöhnlicher Charakter

Was den einen erschaudern lässt, bereitet dem anderen Vergnügen. Und so hat niemand die nächtliche Löwenjagd genussvoller beschrieben als Johannes Gebbing, der Leipziger Zoodirektor. Immer wenn es aufs Ganze geht, die Ereignisse turbulent und dramatisch werden, sehen wir ihn in der vordersten Reihe. Auf allen Fotografien überragt er die Anwesenden, hünenhaft von Gestalt, mit Schlapphut und weiter Armbewegung. Die machtvolle Geste verweist auf eine ebensolche Natur: ein Mann mit Visionen und starker Zuversicht, optimistisch vom Grundsatz her. Selbstkritik freilich ist seine Sache nicht. Ohne Bedenken werden Einwände beiseite gewischt und Anfeindungen ignoriert. Nur das Neue, das Spektakuläre interessiert. Viel wagen, viel bewegen, möglichst ein Zeichen setzen – das ist das Charakterbild dieses Direktors.

„Ein Leben für Tiere", so nennt Gebbing seine späteren Memoiren. Mit Leidenschaft und Geschick verknüpft er die Ereignisse, wirbelt er Persönliches und Philosophisches durcheinander. Erinnerungen an Afrikafahrten wechseln mit der Beschreibung von Filmaufnahmen, Berichte vom Umbau des Zoos mit der Schilderung von Naturphänomenen. Welches Kapitel der Leser auch aufschlägt, langweilig wird die Lektüre nie. Allerdings stellt sich nach und nach Misstrauen ein. Stimmen die Fakten und die Zusammenhänge, war es so oder doch ganz anders? Zu literarisch, zu atemlos scheint der Bericht, zu sehr in Form gebracht. Schon die Kindheit des gebürtigen Westfalen liest sich wie eine

Bewerbung für das künftige Amt. Wir begleiten den Jungen auf Streifzügen durch die Natur, hören von seinem Interesse für Käfer und Tauben, für Fische und Schmetterlinge. Ganze Tage verbringt er in den Wäldern rings um die Heimatstadt Bocholt, beobachtet Vögel, jagt Schlangen und Fröschen nach. Die wechselnden Schulorte werden zu Stationen zoologischer Studien, alle Erinnerung hat mit Tieren zu tun. Seltsam wenig erfahren wir über das Elternhaus, den Halbbruder Alois und die privaten Verhältnisse. Ein Kaufmann aus uraltem Bauerngeschlecht sei der Vater gewesen, beschäftigt mit „nicht ortsgebundenen Transaktionen".

Wie auch immer, die Familie ist vermögend und kann den Jungen studieren lassen. Und so kommt Gebbing nach Leipzig, genießt das Leben, hört Vorlesungen bei Karl Chun und Friedrich Ratzel, bummelt durch die Museen, besucht das Gewandhaus. Doch nicht nur die Messestadt, auch Münster und München, Wien und Berlin werden zu Stationen der Ausbildung. „Ich bemühte mich vor allem um Philosophie, Mathematik, Physik, Geographie, Kunstgeschichte und Zoologie", schreibt er selbstbewusst. Dass sich Gebbing zugleich mit Hydrochemie befasst und auf diesem Gebiet seine Promotion einreicht, vermag da kaum mehr erstaunen. Im Auftrag der Deutschen Südpolarexpedition wertet er anschließend Meeresproben aus; eine Arbeit, die 1909 veröffentlicht wird.

Zum Zeitpunkt der Publikation hat sich Gebbings Leben erneut verändert. Die endlosen Statistiken chemischer Messdaten interessieren den Fünfunddreißigjährigen nur noch am Rande. Vor Monaten bereits ist er im Leipziger Zoo vorstellig geworden, die Pläne für den Bau eines Aquariums in der Tasche. Auf eigene Kosten will er das Gebäude errichten lassen und alle Risiken auf sich nehmen. Verblüfft und zunächst ablehnend reagiert der Vorsitzende des Aufsichtsrats. Die Unterhaltung nimmt

scharfe Formen an und endet wenig erfreulich. „Ich fürchte, dass Sie die schlummernden Wünsche der Stadt nicht kennen!“, redet sich Gebbing in Rage. – „Und dass wir eigens auf Sie hätten warten müssen, um uns darüber klar zu werden.“, entgegnet ihm sein Gesprächspartner.
Wenn es dennoch zum Abschluss eines Vertrages kommt, so weil die Vorteile für den Zoo auf der Hand liegen. Ein Schauaquarium kostet ein Vermögen, im eigenen Budget fehlt dafür das Geld. Vermittelt von dem Architekten Anton Käppler wird ein zweites Treffen vereinbart, versöhnlich im Ton, getragen von gemeinsamen Zielen. Für Gebbing geht nun ein Traum in Erfüllung. Endlich kann er zeigen, was in ihm steckt, sein Talent unter Beweis stellen. Mehr noch, schon bald wird ihm die wissenschaftliche Leitung des Gartens und später das Direktorat übertragen. Nach Pinkerts Tod war dieses Amt verweist und öffentlich ausgeschrieben.

Die falschen Afrikaner

Das Aquarium übertrifft die Erwartungen. In den nächsten Jahren verbucht der Zoologische Garten Gewinne, steigt die Zahl der Besucher. Unkonventionell und energisch wirbt Gebbing um Gäste, ein Meister der Inszenierung und der Reklame. Die Zeitungen der Stadt unterstützen den Ausbau, berichten von Rochen und Haifischeiern, von Brillenschlangen und Krokodilen. Am Image des Zoos aber ändert das wenig. Nach wie vor gilt das Raubtierhaus als Hauptattraktion, tummeln sich Dutzende Löwen hinter den Gitterstäben. Die Artikel über Gypsi und Pia, den alten Milo und die junge Isolde, den quirligen Nachwuchs und die mit Brettern verhangene „Kinderstube“ finden dankbare Leser; nirgendwo sonst existiert eine ähnliche Zucht.

Johannes Gebbing (1874–1958), um 1925

Auch der zweite Direktor des Gartens vertraut seinem Oberwärter, verlässt sich ganz auf das Ehepaar Fischer. Mit Bauprojekten und Plänen beschäftigt, bleibt ihm kaum Zeit für Routineaufgaben. Einzig das Finanzielle und die Werbung liegen in seinen Händen. Hinzu kommen häufige Auslandsreisen. In Antwerpen ersteigert er den „Berberlöwen" Pascha, in Rotterdam erwirbt er Leo II. Eine zu starke Inzucht soll möglichst vermieden werden, neue Großkatzen sind immer gefragt. Noch im Sommer 1914 fährt der Direktor nach London, wo eine Gruppe „frisch importierter Löwen" zum Verkauf steht. Die Verhandlungen enden mit einem Eklat. „Der glückliche Besitzer", so Gebbing, „führte mich in eine Halle, wo er mir die goldechten Afrikaner mit einigem Stolz in einem Dressurwagen zeigte. Ich traute meinen Augen nicht! Die wilden Löwen waren made in Germany und zwar bestes Leipziger Fabrikat."

Dass der Bestand von Zeit zu Zeit aufgefrischt werden muss, hat auch mit den Wünschen der Kunden zu tun. Viele Dompteure schwören auf Wildfänge, halten sie für geeigneter. Zum

Glück für die Züchter werden solche Tiere teuer gehandelt und seltener angeboten. So läuft das Geschäft wie eh und je, kennt der Zoo keine Absatzprobleme. Fast 68 000 Mark beträgt der Erlös im Vorkriegsjahrzehnt, 91 Löwen haben für diesen Betrag den Besitzer gewechselt. Der Ruhm des Zoos beschert der Aktiengesellschaft mancherlei Unterstützung. Privatpersonen spenden kleinere Geldbeträge, Vereine helfen bei Bauvorhaben. Zwei Löwinnen gelangen als Geschenke ins Leipziger Raubtierhaus, gestiftet von deutschen Farmern aus Daressalam.

Am Viktoriasee

Die Kontakte nach Deutsch-Ostafrika haben für den Zoodirektor einen besonderen Reiz. Als Kind schon hat er sich für David Livingston begeistert und Henry M. Stanley gelesen. Fasziniert von der Kolonialpolitik des Deutschen Kaiserreichs zählt er Carl Peters zu seinen Vorbildern. Und wie für die meisten der Zeitgenossen ist der Schwarze Kontinent für ihn ein geschichtsloser Raum, das „natürliche Schutzgebiet“ der europäischen Mächte. Die Völkerschauen im Zoo, der Auftritt von Somaliern und Sudanesen scheinen dieses Bild zu bestätigen. Im Gesellschaftshaus werden Afrikavorträge angeboten, tagt die Leipziger Sektion der Kolonialgesellschaft. Doch Gebbing wäre nicht Gebbing, wenn ihm die Berichte genügen würden. Schwärmerisch von Natur, neugierig und erlebnishungrig, packt ihn das Reisefieber. Wie Alfred Brehm möchte er nachts am Lagerfeuer sitzen, hinter der Dornenhecke auf den Sprung des Löwen warten, die knisternde Spannung mit Händen greifen. Bereits als Student ist er in Ägypten gewesen, hat Kairo besucht und sich als Fremdenführer sein Geld verdient. Ägypten und der Schwarze Kontinent – das jedoch sind verschiedene Welten.

So bricht der Westfale im Dezember 1913 auf, geht in Hamburg an Bord des Dampfschiffes Admiral und fährt nach Ostafrika. „Ich wollte durch Busch und Steppe wandern, die exotische Fauna, deren Repräsentanten mir als Gartendirektor anvertraut waren, unter ihren natürlichen Lebensbedingungen belauschen und die Landschaft auf mich wirken lassen, deren Ausdruck sie waren“, notiert er später. Im Feuilleton der Neuesten Nachrichten können die Messestädter verfolgen, wie die Route verläuft. In mehreren Ausgaben veröffentlicht die Zeitung Reiseskizzen, berichtet der Zoodirektor von Wildreservaten und Farmen, vom Paganifluss und vom Viktoriasee. Die kleinen Artikel, die anderswo nachgedruckt werden, wirken konzentriert und unaufgeregt. Obwohl Gebbing ein Gespür für Dramatisierungen hat, vermeidet er grelle Effekte. Nur selten kommt Persönliches ins Spiel, seine Aufmerksamkeit gilt der Natur. Ganz Zoologe und Forschungsreisender, schildert er Szenen mit Flusspferden und Giraffen, Löwen und Antilopen, Elefanten und Nashörnern. Dabei sind ihm die Lebensräume der Tiere ebenso wichtig wie ihre Gewohnheiten.
In den 1934 erschienenen Memoiren verschieben sich die Akzente. Im Unterschied zu seinen Vorkriegsartikeln kehrt der Direktor nun den Helden heraus, mischt sich Naturbeschreibung mit Selbstinszenierung. An „mancher Löwenjagd“ hat er jetzt teilgenommen und den „gefährlichsten Tieren auf Leben und Tod gegenübergestanden“. Und weil sich das schneller sagt als beweisen lässt, erfahren die Leser Folgendes: „Eines Morgens“, so Gebbing, „begegnete es mir, dass ich auf einem Wege, vollkommen unbewaffnet von Stein zu Stein springend, auf einmal auf einige Meter einer Löwin gegenüberstand. Sie zeigte eine drohende Haltung, trottete aber ab, als ich still – wie zur Salzsäule erstarrt – stehen blieb. In Einschätzung der Gefahr winkte ich meinen Boy heran und ließ mir die Büchse geben. Ich hatte

richtig gerechnet, denn ich hielt die Büchse kaum in der Hand, als die Löwin auch schon mit großen Sätzen zurückkam und auf mich zusprang. Das geschah so schnell, dass ich ihr erst auf ganz kurze Entfernung eine Kugel antragen konnte, die glücklicherweise so gut saß, dass sie im Feuer zusammenbrach und unmittelbar vor mir verendete."

Wie der Afrikareisende weiter erzählt, dient ihm die Trophäe zu Hause als Bettvorleger und tatsächlich liegt in der Wohnung ein Löwenfell. Doch solcherlei Abenteuer sind nicht der einzige Punkt, an dem sich frühe Skizzen und späte Bekenntnisse unterscheiden. Pessimistischer sieht Gebbing nun auf den Kontinent, heftiger beklagt er den Einfluss des Menschen. Es ist dies eine sehr europäische Sicht, ein weit verbreitetes Unbehagen an der Moderne. Nichts soll die „erregende Mystik der Natur" infrage stellen, kein Bahndamm das gesuchte Bild stören. So sinnt er den Träumen seiner Kindheit nach, bereist entlegene Winkel, macht sich immer wieder zu Fuß auf den Weg.

Ein geschäftstüchtiger Filmproduzent

Zurückgekehrt nach Europa stürzt sich der Leipziger Zoodirektor in die Arbeit. Pläne für ein Dickhäuterhaus entstehen, der Tierbestand soll erweitert werden. Vorerst jedoch wird daraus nichts. Im August 1914 beginnt der Erste Weltkrieg, melden sich Hunderttausende freiwillig an die Front. Vier lange Jahre kämpft Gebbing als Offizier in Belgien und Frankreich, ein Lebensabschnitt, über den wir kaum etwas wissen. Nur das Finale des Krieges hat er beschrieben, die Verzweiflung der Niederlage geschildert. „Wir waren überwunden, aber nicht besiegt!", heißt es in seinen Erinnerungen. Die Revolution gilt ihm als Revolte, die Situation in der Messestadt als besonders gefährlich. Und als er endlich im Zoologischen Garten angelangt ist, verdüstert sich seine Stimmung ein zweites Mal: „Es hätte mir fast das Herz abgedrückt. Die Gebäude im Verfall, der Tierbestand gesunken, das Personal mutlos, der Ausblick grau“, fasst er die Lage zusammen.

Bald darauf erwartet ihn weiteres Unglück. Im Raubtierhaus bricht Milzbrand aus; über Nacht sterben Löwen und Jaguare, der Eisbär und die säugende Pumamutter. Nur durch das rasche und energische Eingreifen des Direktors kann die Seuche eingedämmt werden. Das aber reicht keineswegs, um die Zukunft des Gartens zu sichern. Immer schwieriger wird die Versorgung der Fleischfresser, der Kampf um die nötigen Futtermengen. Von den prachtvollen Zuchtlöwen zum Beispiel existiert nur noch ein einziger. So schickt der Zoo mehrere Löwinnen auf Reisen und lässt sie in Berlin und anderswo decken. Die finanziellen Ergebnisse zeigen sich in den nächsten Jahren. Käufer aus England und der Tschechoslowakei erwerben die Jungtiere, im Tausch gegen Löwen hält die Elefantenkuh Tilly Einzug. Zu diesem Zeitpunkt ist der Zoo bereits in städtischem Besitz, hat sich die bankrotte Aktiengesellschaft aufgelöst.

Für Johannes Gebbing sind die Jahre der Nachkriegszeit voller Bewährungsproben. Kein Gedanke an schwärmerische Bekenntnisse oder poesievolle Stunden. Geschickt und pragmatisch kümmert er sich um Versorgungsfragen, verhandelt er mit Behörden und Futterhändlern. Im Kampf gegen die Tücken der Inflation muss der Zoodirektor erfinderisch sein. Der Zufall will es, dass er dabei auf Edmund Linke trifft. Auch Linke sucht in den Wirren der Zeit nach Perspektiven. In der riesigen Alberthalle hat er ein Studio eingerichtet und viel Geld investiert. Die neue Firma nennt sich Orient-Film GmbH; mit ihr will der Jungunternehmer den Industriezweig in Leipzig begründen. Die Chancen dafür stehen nicht schlecht, schon im Krieg hat sich die

Zahl der deutschen Filme verzehnfacht, ein Boom, der noch immer anhält. So kauft Linke in Berlin die notwendige Technik, engagiert Schauspieler von den Städtischen Bühnen und dreht im Sommer 1919 sein erstes Werk: „Salem Aleikum", ein Drama in sieben Akten.

Ohne die Handlung hier zu entschlüsseln, interessiert uns an dem Ganzen nur Folgendes: Zu den Kulissen des Films gehört neben dem Völkerschlachtdenkmal auch das „Gebirgspanorama" hinter dem Eingangsbereich des Leipziger Zoos. Mehrfach nutzt Linke den Garten fortan für Dreharbeiten. Die Filme, die so entstehen, tragen Titel wie „Zopf und Turban" oder „Die Teppichknüpferin von Bagdad" und zeigen das Kamelgehege oder das Affenhaus. „Orient-Film-Linke lässt wieder irgendeinen morgenländischen Kitsch fabrizieren", heißt es noch 1923 im Tagebuch von Karl Max Schneider. Wichtiger als die Aufnahmen selbst sind die Kontakte, die mit Linkes Hilfe zustande kommen. Durch ihn gerät der Direktor des Zoos an andere Produzenten, beginnt eine Zeit ungeahnter Verwicklungen.

„Der Löwe ist los!"

Nach den Entbehrungen des Krieges wollen sich die Menschen amüsieren. Immer neue Kinosäle werden eröffnet, immer schneller gelangen die Filme auf den Markt. Gezeigt wird, was gefällt und für Umsatz sorgt. Schon vor 1914 hatte es Szenen mit Löwen gegeben, waren exotische Sujets gut beim Publikum angekommen. Nun versuchen die Produzenten diese Erfolge zu wiederholen. Dafür benötigen sie Zoo- oder Zirkustiere. So dauert es nicht lange und ein schlanker, sehr energischer Mann klopft an Gebbings Tür. Als Regisseur und Autor, Darsteller und Produzent hat er viele Berufe, ist er alles in einer Person. Der Frem-

de heißt Harry Piel, ein Name, der sich den Zuschauern einprägen wird.
Mit 28 Jahren gilt der gelernte Kaufmann als Spezialist für gefährliche Szenen. Reihenweise explodieren in seinen Filmen Brücken und Häuser, stürzen Fabrikanlagen und Schornsteine in sich zusammen. Mit der von ihm geschaffenen Kunstfigur des „Vielgesuchten“ erscheint er 1919 auch vor der Kamera. Das Markenzeichen dieser Serie ist ihre Verworrenheit. Selbst mit gutem Willen und Ausdauer sind die Handlungsstränge schwer zu verbinden. Doch das kümmert die wachsende Zahl der Kinobesucher wenig. Ihr Held löst selbst die unwahrscheinlichsten Fälle, ohne dass er zu Schaden kommt. Nicht nur die verwegenen Stunts begeistern das Publikum. Ebenso eindrucksvoll ist die Erscheinung Piels, seine extrem geschminkte Maske mit dem riesigen Lidschatten.
Es sei ihm stets unerklärlich gewesen, „wie jemand mit so viel Können, so viel Intelligenz und so vielen Sprachkenntnissen einen solchen Mist an Filmen produzieren konnte“, erinnert sich ein enger Mitarbeiter Piels später. Johannes Gebbing wundert das nicht. Für ihn ist die ganze Produktion Kitsch und kaum der Rede wert. Wenn er trotzdem in die Zusammenarbeit einwilligt, so weil der Zoo dringend Geld benötigt. Dabei hat Piel noch Glück bei den Verhandlungen. Im Winter 1919 geht es um bescheidene Beträge. Die Aufregungen der nächsten Wochen sind weder versichert noch einkalkuliert. Wie leichtsinnig das ist, zeigt sich bereits im ersten Film, den „Geheimnissen des Zirkus Barreé“. Harry Piel hilft hier einem verzweifelten Zirkusdirektor, dessen Unternehmen durch Sabotageakte ruiniert werden soll. Während der Vorstellung brechen Löwen aus, eine Artistin stürzt sich am Hochseil zu Tode, und obwohl Piel die Schuldigen bestraft, kann er nicht verhindern, dass der Zirkus zum Schluss in Flammen aufgeht.

Gedreht wird in der Alberthalle, einem zweistöckigen Veranstaltungsgebäude, und im Gesellschaftshaus des Leipziger Zoos. Die Zeit drängt, und alle am Set sind in der üblichen Weise nervös. Was dann vor und hinter den Kulissen geschieht, ist mehrfach beschrieben worden. Nach zehn Stunden Filmarbeit macht der große Löwe des Zoos dem Trubel auf seine Weise ein Ende. Statt programmgemäß an den Türen einer Künstlergarderobe zu kratzen, überspringt er die Absperrgitter. Ein Zufall will es, dass der Autor und Journalist Ferdinand Grautoff die Ereignisse hautnah erlebt. Sein humorvoller Bericht wird wenige Tage später veröffentlicht:

„Im großen Saale des Zoologischen Gartens hält die ‚Kämpfende Jugend' eine Versammlung ab, die sich mit der Bekämpfung des Schundfilms beschäftigt. Und da auch hier die Gegensätze sich berühren, so werden just zu derselben Stunde in den Räumen hinter der Bühne von einer Filmgesellschaft Aufnahmen gemacht, bei denen ein Löwe mitwirkte. Während nun der Versammlungsredner auf der Vorderseite der Bühne gerade an sehr drastischen Beispielen die Minderwertigkeit der Kinodramen nachweist, ertönt plötzlich hinten Gepolter. Schreie werden laut und aus einer Kulisse stürzen mitten in die Gebirgslandschaft des ‚Weißen Rössl', die die Bühne noch von der letzten Vereinsvorstellung her zeigt, nacheinander ein Cowboy, zwei Siouxindianer, eine Zigeunerin und Theodor Roosevelt, oder wenigstes ein ‚Rauhreiter' in Rooseveltscher Aufmachung. Dem Versammlungsleiter stockt das Wort im Munde. Die Siouxindianer rasen über die Bühne und retten sich in den Saal, die Zigeunerin verschwindet in einer Kulisse und Theodor Roosevelt brüllt in die Versammlung: ‚Der Löwe kommt!'

‚Schwindel! Kinomache! Herunter von der Bühne!', rast, tobt und donnert es ihm aus der erregten Versammlung entgegen. Jetzt erscheinen aus einer Kulisse zwei Schutzleute, ziehen dicke

Notizbücher hervor, rollen das Auge des Gesetzes – aber die Stützen des Staates wanken: Man nimmt diese Schutzleute nicht ernst. ‚Schwindel! Kinomache!', donnert es ihnen entgegen. Theodor Roosevelt spricht pantomimisch mit den Schutzleuten. Ein Niagara von Getöse ist die Folge. Die Bühne wird zum Film. Eine faule Kartoffel, das Protestgeschoss des Revolutionsjahres, fliegt auf die Arena.

Schließlich beginnt vorn und dann allmählich nach hinten verebbend, der Lärm zu verflauen. Theodor Roosevelt und die beiden Schutzleute sind verschwunden, ebenso die Versammlungsredner. Die Bühne ist leer. Da verschiebt sich das Geländer der Veranda des ‚Weißen Rössl' ein wenig, und ein braungelber, strubbeliger Kopf schaut um die Ecke. Doch während es nun unten im Saale ein heftiges, wie der Donner der Meeresbrandung anschwellendes Stühlerücken gibt, zieht sich der Löwe wieder zurück.

Ein neuer, diesmal echter Schutzmann erscheint, klingelt die Anwesenden zur Ruhe und erklärt: Bei einer Filmaufnahme sei ein Löwe in den Hinterraum der Bühne geraten, es liege gar keine Gefahr vor, das Tier sei ungefährlich und werde gerade in seinen Käfig zurückgebracht.

Damit hatte der Schutzmann den Ereignissen freilich etwas vorgegriffen.

Sehr viel beruhigender wirkte eine andere Mitteilung: Es komme schon alles in Ordnung, der Direktor sei geholt worden. Das war ein Klang, alle Befürchtungen niederschlagend, wie, wenn man von Ferne den Glockenschlag der anfahrenden Feuerwehr hört. Nachdem sich die Versammlung aufgelöst hatte, schloss ich mich meinem Sitznachbarn an, der den Ausgang neben der Bühne wählte. Auf dem Korridor ertönten feste eilige Schritte, und ein Mann strebte an uns vorüber, Hoheit und Entschlossenheit im Blick, jeder Zoll ein Direktor. ‚Kommen

Sie nur mit!' rief er dem ihm anscheinend bekannten Herrn neben mir zu. Ich bezog diesen kategorischen Imperativ zu einem Tausendstel auch auf mich und schloss mich an.

In dem Raume hinter der Bühne fanden wir Theodor Roosevelt umgeben von Siouxindianern, falschen Polizisten, Zigeunern und Kunstreitern, laut protestierend. Der Direktor warf ihm einen Blick voll Hoheit und Würde zu, einen Löwenblick, vor dem er sich scheu rückwärts aus der Tür drückte und auch die übrigen Kinodarsteller folgten wortlos der Aufforderung.

Somit war der Weg frei. Ich stand neben dem fremden Herrn hinter einer Planke aus Brettern, gegenüber der Direktor hinter einer ähnlichen Brüstung. Zwischen uns führte der Gang rechts aus der dunklen Ecke nach links zu dem Käfig, dessen Tür offen stand. Eine Planke wie die unsere bildete eine bequeme, sanft ansteigende Rampe.

Nach einigen Sekunden löste der Direktor die dramatische Spannung. Er machte ein strenges Gesicht, richtete den majestätischen Blick in die dunkle Ecke und rief in väterlich mahnendem Ton: 'Cäsar!' Wie gut ist es, dachte ich, dass alle Löwen Cäsar heißen, wie lächerlich würde in einem solchen Moment beispielsweise Eduard wirken.

Jetzt reckte es sich in der Ecke und dann Tap, Tap, Tap erschien aus dem Dunkel gelb und großmütig der Löwe. Er blinzelte im Lichte, schnaubte und duckte sich zum Sprunge. Wir drückten uns hinter unseren Schutzwall. Nur drüben der Direktor stand fest und stolz und unbewegt wie das Reiterdenkmal des Colleoni in Venedig. Er blickte auf den Löwen nieder, und jetzt umspielte seine Züge – ein Lächeln. Da fassten wir Mut, steckten die Nase über den Rand unseres Schützengrabens und sahen, dass der Löwe vor uns seinen Rachen öffnete, aber kein Gebrüll erscholl, lediglich ein langes Gähnen von der Art, wie es sonst nur ein Ackerknecht fertig bekommt, der sich aus seinem Mittagsschlaf wieder an die Arbeit macht. Und endlich schritt der Löwe geradewegs die Rampe hinauf, in seinen Käfig hinein, dessen Tür, von unsichtbarer Hand von einem Strick gelenkt, hinter ihm zufiel."

Ende gut, alles gut, sollte man meinen. Allerdings bleibt dies nicht der einzige Auftritt des Löwen. Auch in anderen Produktionen spielt Cäsar eine wichtige Rolle. Obwohl die Piel-Filme jener Jahre verschollen sind, lässt sich das Geschehen rekonstruieren. Existiert doch zu jedem der Streifen ein schmales Dreigroschenheft. So wissen wir genau, in welcher Szene Cäsar zum Einsatz kommt und wo die Löwen des Zoos benötigt werden. Außerdem hat Karl Max Schneider die Aufnahmen 1921 beschrieben. In seinem Tagebuch notiert er, wie sich Tiere und Menschen im Zentralkäfig verhalten. Wild und grausam sollen die Löwen ihr Opfer empfangen, Schrecken und Entsetzen verbreiten. In der „Todesfalle", einem weiteren Film dieser Serie, erkennen die Helden zu spät, in welcher Lage sie sich befinden. Nun geht es aufs Ganze, droht den Gefangenen höchste Gefahr. Mit bloßen Händen muss Piel die Bestien erwürgen, taumelnd bricht er danach zusammen.

Wie Karl Max Schneider berichtet, ist ihm bei der „ganzen Filmerei mulmig". Immerhin gehört Cäsar zu den wertvollsten Zuchtlöwen des Zoos, sind Zwischenfälle keineswegs auszuschließen. Tatsächlich gehen die Tiere zunächst aufeinander los, beginnt eine heftige „Rauferei". Nach einer Viertelstunde aber werden die Löwen müde. Der Transport in die Alberthalle und die ungewohnte Umgebung, das grelle Licht und die geschminkten Akteure sind zu viel für sie. Nur mit Mühe lässt sich Cäsar bewegen, in die Höhe zu schauen, wo Harry Piel an einem Seil in die Szene schwebt. Als der Löwe dann urplötzlich losspringt, flüchtet die Filmcrew in heller Aufregung. Turbulente Momente, die so nicht geplant sind. Hermann Fischer, der dicke Oberwärter, hat von den Verantwortlichen schnell genug: „Das Filmviehzeug, die könnte ich alle ersaufen. Ekliges Gesindel! Freche Hunde! So frech, so frech! Die Verbrecher!“, schimpft er lautstark und voller Empörung.

Im Circus maximus

Während der Wärter die Aufnahmen ablehnt, hält Johannes Gebbing an den Kontakten fest. Letztlich bleibt ihm kaum eine andere Wahl. Die immer schlechtere Wirtschaftslage belastet den Tiergarten und Hilfe ist nicht zu erwarten. „Machen Sie, was Sie wollen, wir haben kein Geld mehr!“, heißt es im Rathaus. So vertraut der Direktor auf das eigene Engagement. Wie energisch er vorgeht, um den Bankrott des Zoos zu verhindern, beweisen die Dokumente. Ab 1922 werden von den Filmproduzenten Devisen verlangt, in den Wirren der Inflation die richtige Währung. Für drei ins Riesengebirge verliehene Kamele erhält der Zoo 100 Britische Pfund, für sechs in Berlin benötig-

Dreharbeiten im Leipziger Zoo, Zeichnung von Hanns Langenberg, 1922

te Löwen 1000 Dollar. Da viele Zirkusunternehmen wegen der Geldentwertung im Ausland gastieren, sind solche Tiere in Deutschland nun Mangelware. Der Zoodirektor nutzt die Gelegenheit und treibt die Preise nach oben. Dass er bei all dem auch persönlich gefordert ist, stört den Westfalen wenig. Die wechselnden Filmproduzenten vertrauen auf sein Geschick und benötigen ihn für zahlreiche Szenen. Als Einziger scheint er die Löwen dirigieren zu können, nur mit seiner Hilfe gelingen die Aufnahmen. Ein Notfall gewiss, doch das allein erklärt den Wagemut nicht. In Wahrheit genießt der Direktor das Abenteuer, sieht er sich in seinem Charakter bestätigt. „Es war in mancher Beziehung die bunteste und bewegteste Zeit meines Lebens“, eine Zeit „voller Romantik“ und „turbulenter Szenen“, lesen wir später.

In der Öffentlichkeit trägt ihm dieser Einsatz Respekt ein. Zeitungen und Journale berichten von den Ereignissen und streichen die Rolle Gebbings heraus. Als der Zoo im Juni 1922 sechs Löwen nach Berlin schickt, begleitet ein Reporter des Leipziger Tageblatts den Transport. Was er in der deutschen Hauptstadt notiert, ist mehr als nur ungewöhnlich. Auf dem Tempelhofer Feld, dem Außengelände der Studios von Babelsberg, sind riesige Kulissen entstanden. Über 4000 Komparsen bevölkern die Ränge einer 14 Meter hohen Arena. Mit prächtigen Logen und Säulengängen stellt das Ensemble den Circus maximus dar, das Stück heißt „Lucrezia Borgia“. Die Renaissanceschönheit tritt als dämonische Frauenfigur in Erscheinung, für die Handlung benötigt man Löwen. Im Unterschied zu den bisherigen Produktionen trifft Gebbing in Berlin auf sehr gute Schauspieler. Zur Besetzung des Films gehören Conrad Veidt, Paul Wegener und Heinrich George. Auch der Regisseur Richard Oswald gilt als Meister seines Fachs. Die Raubtierszene aber wird von Tilly Bébé gedoubelt, einer bekannten Dompteuse.

„Es lässt sich vorstellen“, so der Reporter des Tageblatts, „dass eine solche Filmaufnahme große Schwierigkeiten zu überwinden hat. Da galt es nicht nur ein prächtiges Raubtiermaterial zu beschaffen, sondern auch den Mann zu gewinnen, der die Tiere in einer Weise beherrscht, dass der ganze Akt ohne Schaden für das Leben des einzelnen durchgeführt werden kann. Den Kenner der Verhältnisse wird es deshalb nicht wundern, dass die Einladung der Gesellschaft an den Direktor unseres Zoologischen Gartens erging.“ Und Johannes Gebbing zeigt sich der Aufgabe gewachsen. Als die Gitter der Transportkäfige nach oben gezogen werden, steht er kostümiert und herrisch in der Arena. Was dann geschieht, zehrt an den Nerven und gehört doch zum Programm. Aus beträchtlicher Höhe wird Tilly Bébé den Löwen vor die Füße geworfen. Erschrocken springen die Tiere zur Seite, mit der Eisenstange stürzt Gebbing herbei, um einen Angriff abzuwehren. Im gleichen Augenblick erscheinen zwei Kavaliere, heben das Mädchen auf und tragen es eilends davon. Ein Wunder, dass die Szene ohne Unfälle abgeht und auch die Wiederholung gelingt. [8]

Die Raubtierterrassen

Am 10. Oktober 1924 feiert der Leipziger Zoodirektor seinen 50. Geburtstag. Energisch wie eh und je scheinen ihm die Jahre nichts auszumachen. Noch immer bestimmt er jedes Gespräch, gibt er lautstark die Richtung an. Bereits vor dem Krieg hat Gebbing den Zoo erweitern wollen, jetzt greift er auf die Ideen von damals zurück. „Der Platz war eng und bot bei der Eigenart seiner Lage nur geringe Möglichkeiten. Dass mich das belastete, wird man verstehen“, heißt es in diesem Zusammenhang. Und wie oft, wenn sich der Kaufmannsohn für etwas begeistert, treffen Leidenschaft und Kalkül aufeinander, sind Visionen im Spiel. Ein neuer, ein moderner Zoo soll entstehen, beeindruckend im Detail und harmonisch im Ganzen.

Für diese Aufgabe fühlt sich Gebbing bestens gerüstet. Seit Jahren sucht er den Kontakt zu Bauräten und Künstlern, diskutiert er mit ihnen, wann immer es möglich ist. An der Kunsthochschule unterrichtet er Tieranatomie, wobei die Studenten zu ihm in den Zoo kommen. Seine wahre Leidenschaft allerdings gilt der Architektur. Stundenlang kann Gebbing über Formen und Materialien, Linien und Farben philosophieren. Kein Wunder, dass die Tierhäuser der Vergangenheit dem kritischen Blick selten genügen. „Vergitterte Schaukästen“, in denen „die Bestien verwahrt“ werden, nennt er die alten Gebäude. Selbst da, wo stilvolle Häuser in die Höhe ragen, ist der Unduldsame nicht wirklich zufrieden. Zu aufgesetzt, zu willkürlich kommen ihm die Inszenierungen der Vergangenheit vor. Von Elefanten „in türkischen Moscheen“ oder hinter „romantischen Festungsmauern“ hält er wenig. „Wenn man beispielsweise“, so Gebbing, „das 1907 errichtete Hirschhaus im Leipziger Garten betrachtet, dann erfüllt es die Forderung einer wohnlichen Anschaulichkeit durchaus, aber man würde eher einen kultivierten Rentner darin vermuten als einen deutschen Rothirsch.“ Im Gegensatz zu solchen Illusionen strebt der Direktor einen Stil an, bei dem sich Inhalt und Form aufeinander beziehen. Wer den Zoo betritt, soll seine Sinne schulen, sich auf die Tiere und ihre Lebensform konzentrieren.

Für die Verwirklichung des Bauprogramms braucht es Verbündete und den richtigen Augenblick. Erst als sich die Verhältnisse normalisieren, der „Hexentanz des Währungszerfalls“ vorbei ist, kann Gebbing aktiv werden. Die wenigen Jahre zwischen Inflation und Weltwirtschaftskrise sind für ihn eine Aufbruchszeit. Ehrgeizig ergreift er die Chance, mobilisiert er alle Kräfte

für ein einziges Ziel. Der Schwung des Zoodirektors wirkt ansteckend, sein Charisma reißt andere mit. Schon bald übernimmt der pensionierte Baurat Carl James Bühring die Planungen für das neue Dickhäuterhaus. Bühring, der Sohn eines Großkaufmanns, gilt als ausgezeichneter Fachmann. Inspiriert von den historischen Gebäuden Lüneburgs bevorzugt der Architekt Backstein und setzt auf solide Handwerklichkeit. Die beiden Männer verstehen sich auf Anhieb, eine Gemeinschaft fürs Leben entsteht. Doch auch die Stadträte und Dezernenten, die Bürgermeister und den Kämmerer hat Gebbing zu überzeugen. Persönliche Beziehungen und Verbindungen sind dabei ebenso wichtig wie öffentliche Reden und Zeitungsartikel. Der Ruhm als Löwenbändiger und „Retter des Zoos“ kommt ihm hier zwar zugute, reicht allein aber nicht. Klare Finanzierungskonzepte werden erwartet, zahlreiche Widerstände pflastern den Weg.[9]
Es ist der Verdienst dieses Direktors, dass er sich durchsetzen kann. Die Kommune bewilligt die verlangten Kredite, der Aus- und Umbau des Zoos verändert den Garten. Das Dickhäuterhaus und die Bärenburg, der Architekturhof und die Freiflugkäfige – alles entsteht in nur wenigen Jahren, der Grundstein jedoch wird früh gelegt. Nächtelang hocken Bühring und Gebbing über den Plänen, besprechen sie das System aus Wegen und Sichtachsen, die Erweiterung des Geländes zum Rosental hin. Trotz der modernen Formensprache der Anlagen greift Gebbing auf bewährte Konzepte zurück. Wie viele andere orientiert er sich an den Bauten Carl Hagenbecks im Tiergarten von Hamburg-Stellingen. Die rund 40 000 Kubikmeter umfassende Gebirgslandschaft ist 1907 eröffnet worden und besteht zum großen Teil aus Betonfelsen. Nicht mehr durch Gitter, sondern durch einen Graben sind die Tiere nun von den Besuchern getrennt. Die spektakulären Kulissen überzeugen das Publikum, vermitteln ein spannungsreiches Gefühl.

Die Raubtierterrassen des Leipziger Zoos, um 1932

Am 25. Oktober 1927 trifft sich im Leipziger Rathaus ein Kreis von Experten. In der Mitte des Versammlungsraumes steht das Modell der neuen Raubtierterrassen. Die Männer, unter ihnen der Oberbürgermeister und sechs Stadträte, lassen sich schnell überzeugen. Das von Bühring entworfene Ensemble passt gut ins Gesamtbild, die geschätzten Kosten von 142 000 Reichsmark liegen im Limit. Wortgewandt erläutert Johannes Gebbing die Anlage, verweist er auf die Vorteile für Besucher und Tiere. Wenn die Entscheidung über den Bau trotzdem verschoben wird, so deshalb, weil die wasserrechtlichen Genehmigungen noch fehlen. Das Gelände soll über der Pleiße errichtet werden, eine Idee, von der man rasch Abstand nimmt. Stattdessen wird der Fluss hinter der Anlage entlang geführt und nur an seiner südlichen Spitze von einer mächtigen Betonplatte überbrückt.

Drei Monate nach dieser Sitzung beginnen die Arbeiten, entsteht Schritt für Schritt ein künstliches Felsmassiv. Das an Eisen- und Holzträgern befestigte Drahtgeflecht wird mit Zementmörtel ausgestrichen und modelliert. Acht bis zehn Meter ragen die Baugerüste in die Höhe; der Blick auf die benachbarte Fabrik gehört nun der Vergangenheit an. Obwohl es sich um drei Gehege handelt, wirkt das Ganze wie ein einziges Panorama. Überdachte Partien und Vorsprünge gewähren den Tieren Schutz, geschickt sind alte Eichen in die Gestaltung einbezogen. Der bis zu acht Meter breite Wassergraben bildet für die Löwen ein unüberwindbares Hindernis und betont die halbrunde Linie der Anlage. Auf einer gegenüberliegenden Terrasse werden Sitzbänke gebaut, bequem lässt sich alles von hier überschauen.

Eindrucksvoll ist auch der Gittergang, der vom Neuen Raubtierhaus in die Gehege führt. Hoch über den Köpfen der Besucher zieht sich die Verbindung dahin, überquert selbst den Eingang zum Wirtschaftshof. Wenn die Löwen am Morgen oder am

Abend den Gang passieren, erinnern sie an Zirkustiere auf dem Weg in die Manege. Überhaupt ist der Garten durch die Raubtierterrassen um manch schönes Bild reicher. Vier oder fünf männliche Löwen in einer Felskulisse sind ein imposanter und seltener Anblick. Als der Zoo im Sommer 1928 sein fünfzigjähriges Jubiläum feiert, steht die Anlage im Mittelpunkt aller Aufmerksamkeit: „Mit majestätischer Ruhe empfangen die königlichen Tiere ihre Gäste. Die scheinbare Freiheit ist ihnen noch etwas ungewohnt, stolz sitzen sie auf ihren Felsen“, heißt es in einem Zeitungsartikel.

Leidenschaft und Geschäfte

Die neuen Bewohner gewöhnen sich schnell an das Freigehege. Gern führt Gebbing Gäste und Freunde hierher, erläutert Details und berichtet von einzelnen Tieren. Doch nicht nur die Löwen stoßen dabei auf Interesse. Der Direktor selbst zieht die Blicke auf sich, macht vor allem den Frauen Eindruck. So scheint es wenig verwunderlich, dass ihm zahlreiche Affären und Liebschaften nachgesagt werden. Erst mit 46 Jahren hat Gebbing geheiratet; seine Braut Herbertine ist die Tochter eines Hoffotografen. Die zum Zeitpunkt der Hochzeit Dreißigjährige spricht mehrere Sprachen und kann auf eine Ausbildung zur Opernsängerin verweisen. Nach der Heirat im Sommer 1920 bringt sie in rascher Folge drei Söhne zur Welt.
Die junge Familie bewohnt die oberen Etagen des Verwaltungsgebäudes neben dem Haupteingang. Mit sechs Zimmern und diversen Nebenräumen gewährt das Quartier alle Annehmlichkeiten einer bürgerlichen Existenz. Es werden Dienst- und Kindermädchen angestellt, die Söhne spielen im Zoo und gehen hier auf Entdeckungsreise. Zeitlebens ist Gebbing ebenso ener-

Johannes Gebbing mit Frau Herbertine und dem Filmlöwen Leo III., um 1924

gisch wie verhandlungsgeschickt. Sein jährliches Gehalt liegt 1927 bei rund 10 000 Mark, etwa 2500 Mark erhält er aus Tierzuchtprämien. Wichtiger noch sind die Summen, die ihm durch das private Aquarium zufließen. Während es in der Vor- und Nachkriegszeit nur geringe Gewinne abgeworfen hat, liegen die Überschüsse nun beim etwa Dreifachen seiner Bezüge als Zoodirektor. Ein Fischfutterhandel und zahlreiche Geschäfte mit importierten Wildtieren sichern weitere Einkünfte.
Trotz des Wohlstands, der sich auch durch den Besitz eines Mietshauses zeigt, neigt Gebbing zu Extravaganzen. In der Zoogaststätte, die ihm Rabatte von bis zu 50 Prozent einräumt, lässt er anschreiben und zahlt die Schulden nur zögernd zurück. Häufig benutzt er die Straßenbahn, ohne sich um die Tarife zu scheren. Auf den Fahrschein angesprochen, kann er sehr deutlich werden: „Mein Name ist Gebbing, holen Sie sich den Betrag an der Zookasse ab!“ Gleiches geschieht, wenn der Direktor am Abend ins Theater geht. Solche Geschichten verbreiten sich schnell und werden lange Zeit toleriert.

Der Kreuzer „Leipzig“

Die finanzielle Unabhängigkeit eröffnet dem Direktor Möglichkeiten, die anderen verwehrt bleiben. Mit einem geringen Zuschuss der Leipziger Neuesten Nachrichten fährt er 1926 zum zweiten Mal nach Schwarzafrika und dreht einen Expeditionsfilm. Als die Dokumentation über „das unerforschte Hinterland der Negerrepublik Liberia“ uraufgeführt wird, ist das „Astoria-Lichtspielhaus“ bis auf den letzten Platz besetzt. Wer immer in der Messestadt Rang und Namen hat, gibt sich die Ehre. Der Oberbürgermeister und mehrere Stadträte, die Professoren der Universität und die Offiziere der Garnison, viele Mitglieder des

Reichsgerichts und der Handelskammer, der Intendant des Theaters und ein ehemaliger Wirtschaftsminister. Stärker als je zuvor gehören Stadt und Zoo nun zueinander, gilt der weit gereiste Direktor als unverzichtbar.

Damit dies so bleibt, pflegt Gebbing Kontakte und hält sich in politischen Fragen zurück. Will er den Ausbau des Zoos vorantreiben, ist er auf die Unterstützung aller Fraktionen des Stadtrats angewiesen. Dennoch braucht es nicht viel Fantasie, seine politische Position zu bestimmen. Schon die Völkerschauen des Gartens vermitteln ein klares Bild, zeigen ihn als Schwärmer fürs Koloniale. Dass er den Versailler Vertrag entschieden ablehnt, teilt der Reserveoffizier mit nahezu allen Deutschen. Deutlicher aber wird Gebbing gegen Ende der Weimarer Republik. „Wenn wir im Augenblicke über keine Kolonien verfügen, so werden wir uns mit diesem Zustand jedenfalls nicht begnügen können“, lässt er die Leser der Neuesten Nachrichten wissen.

In dieser Zeit verstärkt sich im Lande die Propaganda gegen die Siegermächte. Energischer als zuvor betreiben Militärs und Politiker das Ziel der Wiederaufrüstung. Zu den tiefsten Wunden des Weltkrieges gehört für viele Nationalisten die Vernichtung der Kriegsmarine. Waren die Flottenverbände doch der Stolz der wilhelminischen Armee. Sie vor allem sollten dem Reich weltweit Geltung verschaffen und die deutschen Interessen zum Sieg führen. Stattdessen endete der Waffengang im Debakel, blieb wenig übrig von dem einstigen Aushängeschild. Vor diesem Hintergrund wird verständlich, warum neue Kampfschiffe so viel Beachtung finden. Nach den Kreuzern „Königsberg“, „Karlsruhe“ und „Köln“ läuft 1929 die „Leipzig“ vom Stapel. Zwei Jahre später ist ihre Bewaffnung komplett, gehen 530 Mann Besatzung an Bord.

Schon zur Taufe des Schiffes kommen zahlreiche Gäste zusammen, rezitieren die Redner patriotische Gedichte. Schnell reimt sich da Ruhm zu Heldentum und Leid zu Tapferkeit. Als die Besatzung des Kreuzers der Messestadt ihren ersten Besuch abstattet, ist das nicht anders. Am 24. September 1932 empfängt der Oberbürgermeister die Abordnung an der Freitreppe vor dem Rathaus. Ein dreitägiges Festprogramm schließt sich an, in fünf großen Omnibussen fahren die Teilnehmer zum Völkerschlachtdenkmal und ins Theater. Vertraut man den Zeitungsmeldungen, dann ist die Stimmung enthusiastisch, stehen die Leipziger jubelnd Spalier. Gegen Ende der Visite besichtigen Soldaten und Offiziere auch den Zoologischen Garten. Unter

Der Löwe des Kreuzers „Leipzig" während der Flottenparade in Swinemünde, 1933

den Klängen des Liedes „Stolz weht die Flagge schwarz-weiß-rot" marschieren sie hier durch das Eingangstor. Was sich später ereignet, können die Messestädter am nächsten Tag in der Abendpost nachlesen:

„Mit kurzen aber herzlichen Worten überreichte Direktor Dr. Gebbing im Terrassensaal des Zoos der Abordnung des Kreuzers die Jubiläumsschrift des Gartens. 30 junge Löwen brüllten dann auf dem freien Platz vor dem Dressur-Pavillon den ankommenden Matrosen ihren Willkommensgruß entgegen. Im

Halbkreis um die Löwenbabys nahmen die Blaujacken und die Offiziere Aufstellung. Dr. Gebbing entnahm einem mit Dahlien geschmückten Korb einen munter dreinschauenden jungen Berberlöwen und überreichte ihn dem erstaunten Kommandeur des Kreuzers ‚Leipzig' mit der Bemerkung, dass der Löwe der Besatzung seiner neuen Heimat auf all ihren Fahrten in die weite Welt recht viel Glück bringen möge. Kapitän zur See Hans-Herbert Stobwasser dankte mit bewegten Worten, während unter Offizieren und Mannschaft heller Jubel herrschte."
Auf zahlreichen Fotografien ist die Übergabe des Löwen festgehalten. So sehen wir Gebbing umringt von Matrosen, das junge Raubtier in die Kamera haltend. Die in der Presse veröffentlichten Bilder wirken anrührend und sind von hoher Symbolkraft. Stark und unbezwingbar soll dieses Schiff sein; das Leipziger Wappentier gilt als Talisman. Bis in den Zweiten Weltkrieg wiederholen sich die Stippvisiten der Blaujacken, erhält der Kreuzer mehrere Junglöwen. Haben die Großkatzen ein Alter von etwa neun Monaten erreicht, kommen sie in den Zoo zurück und werden im Raubtierhaus ausgetauscht.

Ein Geschenk an Hermann Göring

Nach dem Beginn der nationalsozialistischen Diktatur ereignet sich eine ähnliche Episode und sorgt für Aufregung. Am 6. Juni 1933 fährt der Leipziger Zoodirektor in die Reichshauptstadt. In Gebbings Begleitung reist ein kleiner Löwe, der seinen Unmut über den Transportbehälter durch heftiges Mauzen und Kratzen kundtut. Um die Mittagszeit trifft das Gespann in den Amtsräumen von Hermann Göring ein. Wie wir aus dem „Illustrierten Nachtjournal" erfahren, kann das Jungtier im Zimmer des persönlichen Adjutanten die Kiste verlassen und den Raum

erkunden. Dann geht alles sehr schnell. Im Beisein des Reichsministers Franz Seldte und anderer Stahlhelmführer überreicht Gebbing das Geschenk des Leipziger Zoos.
Der Löwe wird auf den Namen Cäsar getauft und im Palais des Naziführers untergebracht. Hier darf er an Sesseln und Möbeln seine Krallen schärfen. Der mächtige Mann, so ein Zeitungsreporter, habe an dem Tier einen Narren gefressen und lasse ihm ungewöhnliche Freiheiten. In der Presse erscheinen erste Fotos und Bildberichte. Wir erkennen den Löwen zwischen den Beinen eines Wachsoldaten, auf dem Sofa im Wohnzimmer und auch Hermann Göring nutzt die Gelegenheit, sich mit Cäsar ins Blitzlicht zu stellen. Letztlich gibt es nur ein Problem: das rasche Wachstum des ungewöhnlichen Geschenks. Bereits nach sechs Monaten erhält Gebbing einen Anruf aus Berlin: Der Löwe wäre jetzt zu groß und bedeute allmählich eine Gefahr, ob nicht ein jüngeres Tier vorrätig sei.
Unter den damaligen Verhältnissen will und kann sich diesem Wunsch niemand verwehren. Ein neuer Löwe wird ausgewählt, während Cäsar im Zoologischen Garten der Hauptstadt verschwindet.[10] Dort stellt man fest, dass es sich um ein Weibchen handelt. In Leipzig wird dieses Missgeschick auf die große Zahl der gezüchteten Tiere geschoben. Da könne eine Verwechslung schon einmal vorkommen, heißt es entschuldigend. Göring aber hat längst Gefallen an der Sache gefunden. In seinem Jagdschloss Carinhall lässt er einen Löwenzwinger errichten und insgesamt sieben Jungtiere aufziehen.
Mit der Messestadt und Johannes Gebbing hat das nichts mehr zu tun. Der Nachschub an Großkatzen für den preußischen Ministerpräsidenten erfolgt bald über den Berliner Zoo, zu dessen Direktor der Reichsjägermeister Göring enge Kontakte unterhält. Eine einzige bizarre Geschichte ist dennoch erwähnenswert. Göring, der jeden Sommer mehrere Wochen auf dem Darß

an der Ostsee verbringt, hat die Angewohnheit, den zweiten Leipziger Löwen an diesen idyllischen Ort mitzunehmen. Wie sich der Oberförster Franz Mueller-Darß erinnert, kommt es dabei zu ungezählten Verwicklungen. Erst verschwindet das Bubi genannte Tier im Gelände, dann argwöhnt Göring, dass die auf der Halbinsel so zahlreich vorhandenen Kreuzottern eine Gefahr für den Löwen darstellen könnten. Eine breit angelegte Kreuzottersuchaktion wird in die Wege geleitet, der Schlangenspezialist Rassau inspiziert das Terrain. Als Görings Jagdadjutant die Meldung veröffentlicht, dass „einige Igel als gefürchtete Feinde der Kreuzotter einen ‚cordon sanitaire' um den Herrn Reichsjägermeister und seine Gäste bilden" könnten, sind die Folgen chaotisch. Aus allen Teilen Deutschlands treffen nun in Kartons und Kisten verpackte Igel ein, 867 Stück innerhalb von zwei Wochen. Da ihm auch diese Vorsichtsmaßnahme nicht genügt, befiehlt Göring, einen eisernen Löwenzwinger zu bauen. Mueller-Darß, der Gitterstäbe verabscheut, versucht mutig dagegenzuhalten, türmt Argumente auf Argumente: „Haben Herr Ministerpräsident erwogen, dass das Tier gesundheitlichen Schaden nehmen könnte? Hier an der See ist das Gras immer feucht. Es wird Bubi nicht gefallen, sich ein nasses Fell zu holen. Löwen brauchen trockenen Boden. Sand. Am besten ein bisschen Wüste." Nun aber platzt dem cholerisch veranlagten Göring die Geduld: „Meinem Löwen", so schreit er, „schadet überhaupt nichts. Das ist ein zäher Bursche. Der hält alles aus!"
Auch Görings Frau Emmy erinnert sich an zahlreiche Löwengeschichten. In ihren Memoiren beschreibt sie den Gatten als Tierliebhaber und Naturschützer, als Hausherren mit Hang zur familiären Idylle. Die Trivialität der geschilderten Ereignisse weckt schnell falsche Bilder. Göring, der zu den schillerndsten und brutalsten Führungspersonen des Nazireiches zählt, wird vom Nürnberger Tribunal zum Tode verurteilt und in sämtli-

chen Punkten der Anklage schuldig gesprochen. Wie viele der Löwen den Bombenhagel des Weltkrieges und die Zerstörung des Berliner Zoos überleben, weiß niemand genau. Bekannt ist dagegen, dass auch der Kreuzer „Leipzig" den Krieg nur knapp übersteht. Nach der Kapitulation muss das Schiff von den Matrosen mit Gasmunition beladen und in der Nordsee versenkt werden.

Die Entlassung

Weit vorausgeeilt, kehren wir nun zurück. Der Besuch des Zoodirektors in Berlin und die Übergabe des Löwen führen schon 1933 zu Irritationen. Carl Friedrich Goerdeler, der Leipziger Oberbürgermeister, reagiert verärgert und fühlt sich übergangen. Viel unternehmen kann er allerdings nicht, jeder Schritt will in diesem Fall bedacht sein. Gebbing, der seit Anfang Mai der NSDAP angehört, berührt das nur wenig. Hat er doch die Stadt in ein gutes Licht gesetzt. Als Frontkämpfer und überzeugter Verfechter der kolonialen Idee ist er für nationalistische Töne empfänglich. Außerdem zieht ihn das Pathos der neuen Bewegung an. In ihr sieht er Ideale verwirklicht, die Halt und Sinngebung versprechen. Sein Bekenntnis zum „Dritten Reich" zeigt sich auch in einer philosophiegeschichtlichen Studie. Unter dem Titel „Die Wiederbeseelung der Welt" erscheint sie 1934 in der Nationalen Verlagsgesellschaft. Als „wunderliches Gemisch aus Spezialkenntnissen und spiritualistischem Vitalismus" bezeichnet die Frankfurter Zeitung das fast 300 Seiten starke Buch. Nicht die „Abrechnung mit der materialistischen Denkart", sondern der schwärmerische Stil, die Lobpreisung Hitlers, prägen sich der Erinnerung ein. Beides aber bedient zentrale Kategorien der NS-Propaganda.

Die Publikation, für die Gebbing einen schriftlichen Dank des Führers erhält, fällt mit einem anderen Ereignis zusammen. Am 22. Oktober 1934, elf Tage nach seinem 60. Geburtstag, wird dem Zoodirektor fristlos gekündigt. Eine nicht genehmigte Filmaufnahme, kleinere Unregelmäßigkeiten bei der Vergabe von Freikarten und ähnliche Verfehlungen genügen, um die Entlassung auszusprechen. Das Zerwürfnis allerdings reicht tiefer. Hatte die Stadtverwaltung über viele Eigenmächtigkeiten des Direktors lange hinweggesehen, so gab es seit Anfang der dreißiger Jahre Kontroversen. In der Weltwirtschaftskrise war das Bauprogramm des Zoos ins Stocken geraten, musste der Tiergarten sinkende Besucherzahlen verkraften. Für Gebbing ist das nur schwer zu ertragen. Eine Politik jenseits der großen Visionen und Herausforderungen widerspricht seinem Temperament. Allzu oft ignoriert er, was ihm nicht ins Konzept passt. Unhaltbar wird die Lage nach dem Wechsel des Dezernenten. In Abstimmung mit dem Oberbürgermeister versucht der neue Vorgesetzte, „Ordnung zu schaffen“. Im Januar 1934 wird ein Verwaltungsleiter bestellt, der Gebbing zugleich kontrollieren soll. Als dies fehlschlägt, eskaliert der Konflikt.
Nach der Entlassung sieht sich Gebbing als Opfer einer Intrige. Von Selbstkritik keine Spur. Stattdessen zieht er vor Gericht und sucht den Beistand der Öffentlichkeit. Während des Verfahrens, das in drei dicken Akten dokumentiert ist, prallen die Vorwürfe aufeinander. Da ist von Devisenverstößen und Vorteilsnahme die Rede, werden weitere Anklagepunkte erhoben. In ganzseitigen Beiträgen berichten die Zeitungen von den Verhandlungen. Der Direktor des Berliner Zoos tritt in den Zeugenstand, mehrere Stadträte geben ihre Aussagen zu Protokoll. Nach zwei Jahren und dem Weg durch verschiedene Instanzen bekommt der Kläger Recht. Wenngleich ihm eine Rückkehr ins Amt verwehrt bleibt, erhält er eine hohe Entschädigung.

Das Gerichtsverfahren hat überraschende Folgen. Erneut wirkt sich die Herausforderung positiv aus, entwickelt Gebbing Tatkraft und Energie. Mit Unterstützung von Clemens Gahlen, einem Kunsthistoriker, verfasst er seine Memoiren, schreibt er sich die Enttäuschung von der Seele und schwelgt in Erinnerungen. Obwohl die Publikation mehr ist als eine Kampfschrift, sind ihre Beweggründe offensichtlich. Der entlassene Zoodirektor ringt um Anerkennung, will die Leipziger auf seiner Seite wissen.

Ungebrochene Zuversicht bestimmt auch das weitere Handeln des Zweiundsechzigjährigen. Mit dem nun zur Verfügung stehenden Geld sucht er nach Perspektiven Die Eröffnung einer Tierimportfirma ist im Gespräch, andere Möglichkeiten deuten sich an. Letztlich gerät Gebbing an eine Reihe jüdischer Unternehmer, die unter dem Druck der nationalsozialistischen Politik zum Verkauf von Firmen und Immobilien gezwungen sind. Durch ihre Vermittlung erwirbt der ehemalige Zoodirektor 90 Prozent der Anteile an einem „Warenhaus“. Das zweistöckige Kleinpreisgeschäft[11] befindet sich nicht in Leipzig, sondern in Quedlinburg und zählt 35 Beschäftigte, darunter den jüdischen Geschäftsführer und Miteigentümer Max Levisohn. Was nun geschieht, dürfte niemand vorhergesehen haben. Im Juli 1936 und somit bereits sechs Monate nach dem Kauf erhält Gebbing eine Vorladung des Kreisgerichts der NSDAP. Die Anschuldigungen wiegen schwer und können sehr schnell gefährlich werden. Er habe, so der Vorwurf, den Juden Levisohn nicht nur weiterhin geduldet, sondern auch alles unterlassen, um die Firma endgültig zu arisieren. Sein Verhalten zeige, „dass er von der Idee des Nationalsozialismus in der Judenfrage keinen Hauch verspüre“ und die Geschäftsverbindung „lediglich materieller Vorteile wegen“ eingegangen sei. Die beschämenden Details des Verfahrens sind im Berliner Bundesarchiv nachzulesen. Gebbing redet sich heraus, verweist auf sein Buch „Die Wiederbeseelung der Welt“ und vermeidet ansonsten jede Polemik. Den ganzen Hintergrund dieser Geschichte kennen wir nicht. Für Max Levisohn zumindest endet sie tragisch. Er wird 1943 in den Niederlanden verhaftet und in Auschwitz ermordet; die Spur von zwei weiteren jüdischen Mitarbeitern der Firma bricht schon in den dreißiger Jahren ab.

Nach dem Ende des Krieges meldet sich Gebbing im Leipziger Zoo zurück. Trotz der Zerstörungen dringt er auf die Wiederaufnahme des Bauprogramms, will er alte und neue Pläne verwirklicht wissen. Selbstbewusst wie eh und je formuliert der Heimgekehrte Visionen und macht gleichzeitig Ansprüche geltend. Und in der Tat hat er nie aufgehört, sich für das Thema zu interessieren. Noch vor dem Krieg ist seine Streitschrift „Vom Zoo. Kritik und Wirklichkeit“ erschienen, später folgt ein Artikel über moderne Tierhäuser. Das alles aber nützt ihm nun nichts mehr. Zu gut erinnert man sich in der Stadtverwaltung an den Gerichtsprozess, die öffentlichen Querelen. Die Idee, ihn als Mitarbeiter oder doch als Berater des Zoos heranzuziehen, wird schnell verworfen. Um 1952 verlässt der ehemalige Zoodirektor die DDR und gilt hier fortan als Republikflüchtiger. Weder die im Selbstverlag erschienene Broschüre „Kampf den Ratten“ noch die überarbeiteten Memoiren werden in Leipzig wahrgenommen. Gebbing, der vergeblich auf eine Würdigung des Zoos zu seinem 80. Geburtstag wartet, stirbt am 20. August 1958 in Bad Reichenhall. Auf dem Friedhof von Sankt Zeno ist er begraben.

Der Löwenvater Karl Max Schneider

Ein schweres Los

Nach Johannes Gebbing jetzt Karl Max Schneider. So verschieden die beiden Männer auch sind, das gemeinsame Ziel führt sie zusammen. Über Jahrzehnte lässt sich die Geschichte der Löwenzucht anhand ihrer Arbeit erzählen, prägen sie die Entwicklung des Zoos. Selbst als Gebbing entlassen wird und vor Gericht zieht, bleibt die Verbindung erhalten. Lange Zeit arbeitet der Jüngere als Direktorialassistent, ist er für seinen Chef unentbehrlich. Während dieser in der Öffentlichkeit steht, den Ausbau des Zoos betreibt und die Verhandlungen führt, kümmert sich Schneider um den Tierbestand und erledigt die Alltagsgeschäfte. Gebbing wiederum vertraut seinem Mitarbeiter und verhindert, dass die Assistentenstelle den Sparzwängen der Kommune zum Opfer fällt.

Für den mittellosen Zoologen ist das von zentraler Bedeutung. Anders als der Westfale kommt Schneider aus bescheidenen Verhältnissen. Die Mutter unterhält einen Krämerladen, der Vater arbeitet als Kaufmann und in wechselnden Berufen. Callenberg, der Geburtsort des Jungen, liegt im Vorland des Erzgebirges, umgeben von Wiesen und Buchenwald. An eine höhere Schulausbildung denkt hier niemand, die Lebenswege sind andere. Und doch muss es eine behütete Kindheit gewesen sein. In den Abendstunden bewirtschaftet die neunköpfige Familie ein Stück Acker, es gibt Ziegen und Hunde, Gänse und einen Gockel. Die Geschwister spielen vor dem Haus in der Grünen Gasse,

fangen Schmerlen im Bach und bringen sich gegenseitig das Klavierspielen bei. Bis 1901 besucht Karl Max Schneider die Volksschule, dann besteht er die Aufnahmeprüfung für das Fürstlich Schönburgische Lehrerseminar zu Waldenburg.
Die ausgezeichneten Noten, mit denen er das Seminar verlässt, berechtigen zum Studium. Doch zunächst heißt es warten und Umwege in Kauf nehmen. Erst nach dem Militärdienst und

Karl Max Schneider (Bildmitte) als Einjährig-Freiwilliger, 1907/08

einer Anstellung als Hilfslehrer kann er in Leipzig ein Zimmer mieten, sich an der Universität einschreiben. Und als Gebbing im Zoologischen Garten sein Aquarium baut, sitzt der Dreiundzwanzigjährige in den Vorlesungen, hört Pädagogik und Philosophie, Ethik und Psychologie, Zoologie und Vergleichende Anatomie. Bis tief in die Nacht dauert die Lektüre, leidenschaftlich werden die Arbeiten diskutiert. Schneider liest Immanuel Kant und Arthur Schopenhauer, schwärmt für die Ideen von Baruch Spinoza, belegt Seminare bei Wilhelm Wundt und Karl Chun. Dass er zum Schluss eine erkenntnistheoretische Studie zur Promotion einreicht, entspricht dieser Ausbildung und seiner philosophischen Begabung.

Bis der Sachse eine Möglichkeit sieht, die Dissertation zu veröffentlichen, vergehen allerdings Jahre. Auch die Prüfungen für das höhere Lehramt müssen verschoben werden. Mit ungeahnter Gewalt verändert der Erste Weltkrieg das Leben. Im Gegensatz zu den meisten seiner Kommilitonen misstraut Schneider der Begeisterung nach der Mobilmachung, den Aufmärschen und Vaterlandsreden. Kritisch hält er Distanz und will doch nicht abseits stehen. Als Akademiker zum Leutnant befördert und an die Westfront eingezogen, übernimmt der junge Mann hier eine Kompanie und wird im Oktober 1915 schwer verwundet.

Die nun folgenden Wochen sind ein Martyrium. Schneider liegt mit Fieber in einem Lazarett bei Saarbrücken, hat Albträume und Halluzinationen. Der Verlust des linken Unterschenkels hinterlässt ein Trauma, macht ihn zum Kriegsinvaliden. Erst Monate später – nun schon in Leipzig – bessert sich sein Zustand. Dann aber eitert die Wunde, stehen neue Eingriffe bevor. In einer Zeit ohne Antibiotika sind solche Operationen gefährlich, sterben viele der Betroffenen an Wundbrand und Blutvergiftung. Auch Karl Max Schneider muss ständige Schmerzen ertragen und rechnet lange mit dem baldigen Tod.

Letztlich helfen ihm seine Studien über das Schwerste hinweg. Schon im Krankenhaus entwickelt er neue Interessen und Leidenschaften: Esperanto zum Beispiel oder die französische Sprache. In der „Gartenlaube“ und in weiteren Zeitschriften erscheinen kleinere Feuilletons, die er mit literarischem Anspruch skizziert. Schritt für Schritt erweitert der Genesende seinen Radius und kann im Frühsommer 1917 aus dem Klinikum „St. Georg" entlassen werden. Drei Semester arbeitet er nun am Zoologischen Institut der Universität Frankfurt am Main, dann kehrt er nach Leipzig zurück.

Die Löwenfabrik

Mit 32 Jahren wird es für Schneider Zeit, sich nach einer festen Anstellung umzusehen. Dabei kommt ihm ein Zufall zur Hilfe. Bereits vor dem Krieg hat er für die Leipziger Volkszeitung über den Zoo berichtet, sein Studium auch so finanziert. Nun, da Johannes Gebbing einen Assistenten sucht, gehört der Korrespondent von damals zur engeren Wahl. Und einmal mehr beweist der Direktor des Tiergartens Menschenkenntnis, verpflichtet er einen ebenso fähigen wie zielstrebigen Mitarbeiter. Schon bald geht die Beziehung der beiden Männer über das berufliche Engagement hinaus, werden dem Assistenten weitere Aufgaben übertragen. Innerhalb weniger Monate übernimmt Schneider die innere Leitung des Zoos, schreibt er erste Artikel über die Leipziger Raubtierzucht.
Bei alldem ist der neue Mitarbeiter selbst noch ein Lernender. Ohne die Gespräche mit Hermann Fischer, die er stenografiert und durch eigene Beobachtungen ergänzt, wäre er manches Mal ratlos gewesen. So aber weist ihn der Oberwärter ein, gibt der Ältere seine Lebenserfahrung weiter. Als Fischer 1924 stirbt, wird die Stelle nicht wieder besetzt. Schneider zieht in die verwaiste Wohnung des Wärters und lebt nun selbst zehn Jahre neben dem Raubtierhaus. Auch die Angestellten des Zoos wohnen in Reichweite und zum Teil im gleichen Gebäude. Es handelt sich um eine eingespielte Mannschaft, jeder weiß, was er zu tun hat.

Wie eh und je müssen die Käfige gesäubert und die Portionen abgeteilt werden, gilt es Stroh für die Wochenstuben heranzuschaffen und das Futter bereit zu stellen. Ein Zeitplan regelt die Arbeiten, exakt werden sie kontrolliert.

In den Wintermonaten betrifft das vor allem den Betrieb der Warmwasserheizung. Ihre Rohre verlaufen unter den Käfigen, das System der Anlage arbeitet ohne Probleme. Die meisten Zoobesucher erleben die erwachsenen Löwen als träge und gleichmütig. Auch in der freien Natur ruhen die Tiere viele Stunden am Tag, sammeln Kraft für die Jagd oder den Kampf ums Revier. Trotzdem bleibt der Gang in das Raubtierhaus eindrucksvoll. Schon der stechende Ammoniakgeruch, der in den Verdauungsorganen der Großkatzen entsteht, lässt manchen das Weite suchen. Mit Taschentüchern schützen sich die Damen vor dem Gestank. Wer kurz vor der Fütterung oder in den Abendstunden erscheint, erlebt ein ohrenbetäubendes Gebrüll. Sobald eines der Tiere beginnt, fühlen sich die anderen herausgefordert. Auf den Kacheln hinter den Gitterstäben liegen die Fleischreste der letzten Mahlzeit, in gusseisernen Pfannen reichen die Wärter das Trinkwasser.

Ab Ende der zwanziger Jahre steigt die Zahl der in Leipzig geborenen Löwen. Vierzig Welpen sind jetzt keine Seltenheit mehr. Dass in einem einzigen Jahr rund 70 Jungtiere zur Welt kommen, zählt allerdings zu den Ausnahmen. Bis zu 3500 Zentner Fleisch jährlich benötigt der Zoo in den Spitzenzeiten der Zucht, um alle Großkatzen und sonstigen Raubtiere zu versorgen. Das entspricht einer Menge von 900 Pferden, und häufig stehen 30 der alten Klepper auf dem Wirtschaftshof. In mehreren Artikeln beschreibt Karl Max Schneider die Arbeit im Schlachthaus, das Ausweiden und Vorwärmen des Fleisches, die Methoden der Fütterung. Unbefangen nennt er Zahlen und Fakten, Details und Hintergründe, niemand nimmt Anstoß daran. Noch

Innenansicht des Neuen Raubtierhauses, um 1934

sind die Menschen offen für diese Fragen, gehört auch der Tod zur Rechnung des Lebens.
Immer häufiger nutzt Schneider nun einen neuen Begriff, bezeichnet er das Raubtierhaus als „Löwenfabrik". Nur im Vorbeigehen hat der Berliner Zoodirektor Ludwig Heck diesen Ausdruck geprägt und dem Assistenten damit das Stichwort gegeben. Tatsächlich werden die Jungtiere hier fast auf Bestellung geliefert, reguliert der Bedarf das jährliche Angebot. Die Löwenzucht ist Routine geworden, bereitet Arbeit, doch keine Schwierigkeiten. Manche der Käufer kommen über Jahrzehnte und machen nur deshalb in Leipzig Station.
Im Archiv des Zoologischen Gartens lässt sich der Briefwechsel nachlesen. Zirkusunternehmen aus ganz Europa gehören zu den Kunden des Zoos, Privatleute und Kollegen melden Aufträge an. Zwar kann man auch anderswo Löwen kaufen, doch nirgends in so großer Zahl. Einzig in den USA, wo die Filmstudios von Hollywood „wilde Tiere" benötigen, entstehen mehrere Löwenfarmen, von denen die des Ehepaars Charles und Muriel Gay die bekannteste ist. Im Frühjahr 1919 gegründet, existiert sie bis 1942, wobei zeitweise über 200 der Tiere gehalten werden. Zum Glück für den Leipziger Zoo konzentrieren sich die Amerikaner auf den Absatz im eigenen Land. Von den Geschäftspartnern der Löwenfabrik kennt kaum einer die bei Los Angeles gelegene Farm. Auch Karl Max Schneider erwähnt sie nur selten. Stattdessen lesen wir von Carl Krone, Cliff Aeros oder Kapitän Schneider, dem Namensvetter, der mit seinem gewaltigen Löwenzirkus durch Europa zieht.[12]
Die Verkaufsgespräche im Raubtierhaus sind eine Kunst und setzen Erfahrung voraus. Oft geht es um mehrere Tiere gleichzeitig, werden hohe Beträge verhandelt. In seinem Tagebuch beschreibt der Assistent die Begegnungen, charakterisiert er einen typischen Dialog. Die Verhandlungen mit den Zirkusdirekto-

Tierwärter und Hilfskräfte vor dem Neuen Raubtierhaus, um 1936

ren beginnen demnach fast immer so: „Ein kräftiger Händedruck. Ein paar Scherzworte, wie es denn gehe. Dann zu den jungen Löwen. Er: ‚Aber die sind mager! Ei, sind die mager. Da spießen ja die Knochen schon raus. Die müssen bessere Pflege haben, sonst haben Sie die nicht mehr lange.' – ‚Ja.' – ‚Und krumme Buckel haben sie auch.' – ‚Ja.' – ‚Wie ist denn die Hinterhand?' – ‚Auch schlecht.' – ‚Löwen gibt's jetzt, Herr Doktor! Löwen! Soviel Sie wollen. Wie Sand am Meer. Und was für Kerle! Staatstiere. Da können Ihre nicht mit; bei weitem nicht.'"
Sind die Löwen, oh Wunder, dann dennoch verkauft, sorgt Schneider für den Transport. Der Zoo arbeitet mit einer Reihe von Speditionen zusammen, die ihrerseits Reedereien und Fluggesellschaften beauftragen. Vor allem in den dreißiger Jahren werden zahlreiche Jungtiere auf dem Luftweg befördert. Aufgrund seiner günstigen Lage ist Leipzig gut zu erreichen. Die in speziellen Holzkisten verschickten Tiere überstehen die Fahrt ohne Mühe, Klagen über Verluste gibt es kaum. Allerdings schlägt die Lieferung auf die Kosten, erheben Versicherungen Beiträge und Zollbehörden Gebühren.

Im Frühjahr 1924 stellt der Zoo einen neuen Mitarbeiter ein. Es handelt sich um Fritz Giese, der gemeinsam mit seiner Frau Margaret die Junglöwen trainieren soll. Auf diese Weise können Dressurgruppen gebildet und höhere Verkaufspreise erzielt werden. Auch eine Tournee wird geplant, wobei man an die Erfolge der Vorkriegszeit anknüpfen will. Die Rechnung des Zoos geht nur teilweise auf. Zwar berichten die Leipziger Zeitungen schnell von größeren Fortschritten, doch dann gibt es Schwierigkeiten. Dabei verlaufen die Verhandlungen durchaus viel versprechend. Rund 6000 Mark monatlich lassen sich die Zirkusdirektoren Alfons und Alfred Blumenfeld die Leipziger Nummer kosten. Im Gegenzug verleiht der Zoologische Garten die sechsköpfige Dressurgruppe, zwei Raubtierwagen, die Requisiten und alle Käfiganlagen. Außerdem werden dem Unternehmen einige Tiere zu Schauzwecken zur Verfügung gestellt, darunter zwölf kleine Affen.

Womit niemand rechnet, ist die Vorliebe des Ehepaars für „geistige Getränke". Die Tournee hat gerade erst begonnen, schon muss Schneider die Wogen glätten. Mit dem Flugzeug reist er nach Westfalen, um die aufgebrachten Vertragspartner zu beruhigen. Zwei Wochen später sind die beiden Dompteure gänzlich verschwunden und haben die Tiere im Stich gelassen. Ein Skandal und eine hohe Konventionalstrafe drohen. Begleitet von einem rasch aufgetriebenen Ersatzmann eilen Johannes Gebbing und Karl Max Schneider zum Ort des Geschehens. Dort zeigt sich, dass der in Leipzig angeheuerte Dompteur die Löwen nicht unter Kontrolle bekommt. Wie schon während der Kinoproduktionen springt Gebbing nun selbst in die Bresche, versucht er, die Vorstellung und den Vertrag zu retten. Es ist das letzte Mal, dass sich der Zoodirektor einer solchen Gefahr aussetzt.

Nur um Haaresbreite entgeht er der Katastrophe. Einer der Löwen reißt ihn zu Boden, die anderen Tiere trampeln über ihn hinweg. „Alle Zuschauer“, berichtet Gebbing, „waren aufgestanden und glaubten, ich sei nur noch in Restbeständen vorhanden. Als ich ein bisschen zu mir kam und den Manegendreck aus Mund und Augen gewischt hatte, sah ich als erstes, wie Dr. Schneider außerhalb des Käfigs auf mich zueilte. Er stand kreideblass an den Stäben und als ich ihn fragte, warum er so verdattert aussähe, sagte er sachlich: ‚Weil ich nicht genügend Bargeld für einen Leichentransport bei mir habe.'“
Trotz des Schreckens lässt sich Gebbing nicht abhalten, auch die Abendvorstellung zu bestreiten. Schließlich kann er sogar das abtrünnige Ehepaar ausfindig machen und zur Weiterarbeit bewegen. Die Tournee endet planmäßig, der Vertrag wird in vollem Umfang erfüllt. Im Anschluss an ihre Verpflichtungen fahren Fritz und Margaret Giese nach England und gastieren dort ab 1927 mit einer neu zusammengestellten Raubtiergruppe. Der Leipziger Zoo aber verkauft im selben Jahr 35 Großkatzen aus der eigenen Zucht.
Der Versuch, mit spektakulären Programmen neue Einnahmequellen zu erschließen, bereitet auch im nächsten Anlauf Probleme. Das Ehepaar Giese ist kaum abgereist, da meldet sich eine ehemalige Opernsängerin. Im Löwenkäfig will sie ihre Lieder vortragen und so Furore machen. In Danzig hat die Polizei den Auftritt soeben verboten, nun versucht die Künstlerin in Leipzig ihr Glück. Der eigens zu diesem Zweck angeheiratete Raubtierdompteur assistiert hinter den Gitterstäben. Das Projekt spricht sich herum und selbst die Berliner Zeitung veröffentlicht im Sommer 1926 einen Bericht. Demnach nennt sich die Dame für ihren Auftritt Sheila Simba, während der Löwe auf den Rufnamen Harras hört. Allzu groß scheint die Begeisterung des zweieinhalbjährigen Tieres nicht gewesen zu sein. In

der Mitte des Rundkäfigs muss er auf einem Podest über dem Klavier thronen. Zum Dank erhält er ab und an ein größeres Fleischstück. Die melancholischen Zigeunerlieder und schmalzigen Arien werden regelmäßig vom Brüllen des Löwen unterbrochen, was dem Publikum immerhin Eindruck macht. Zum Schluss schlägt das Tier mit der Schwanzquaste die Tasten und legt der Sängerin „sein umwalltes Haupt in den Schoß".

Die Darbietungen finden zweimal täglich statt und gehen so lange gut, bis Harras die Geduld verliert. „Schreckensszenen im Leipziger Zoo", „Ein Überfall im Löwenkäfig", „Dompteuse zerfleischt", lauten die Schlagzeilen nunmehr. In Wahrheit hat die Sängerin Glück gehabt. Zwar trägt sie nach dem Angriff eine große Fleischwunde im Oberschenkel davon, doch kann der herbeigestürzte Ehemann Schlimmeres verhindern. Mit einem Brett schlägt er auf den Löwen ein und bringt ihn dazu, von seinem Opfer abzulassen. Schon am nächsten Tag humpelt Sheila Simba erneut herbei und ist fest entschlossen, das Programm wieder aufzunehmen.[13]

Verhängnisvoll dagegen verläuft die Biografie der letzen Löwendompteuse des Zoos. Die energische Frau, die mit bürgerlichem Namen Elsa Martha Holzner heißt, zählt zum Bekanntenkreis der Raubtierpfleger. Es ist Karl Max Schneider, der ihre ersten Schritte als Trainerin der Junglöwen überwacht und dafür die Verantwortung trägt. In Chemnitz, wo der Zoo viele Jahre eine Zweigstelle unterhält, hat sie ihre Premiere. In den Unterlagen des Assistenten sind die Daten und Namen sämtlicher Tiere verzeichnet. Demnach beginnt die Dompteuse 1926 mit sieben Löwen und trainiert zwei Jahre später noch einmal eine ähnliche Gruppe.

Doch anders als bei Claire Heliot bleiben ihr die großen Erfolge versagt. Wenngleich Schneider der Dame Courage bescheinigt, reißt sich niemand um ein Engagement. Schon die stämmige

Elsa Martha Holzner mit einem ihrer Löwen, um 1934

Figur und das burschikose Auftreten der Chemnitzerin sprechen gegen eine Karriere in der Manege. Von den Angestellten des Zoos wird sie „Matratzenkopf" genannt, da ihr gelbblonder Bubikopf – so böse Zungen – an eine ausgerupfte Rosshaarmatratze erinnere. Noch hinderlicher für die Arbeit sind ständige Männergeschichten.

Um 1931, in der Zeit der Weltwirtschaftskrise, macht sich die fast Vierzigjährige selbstständig. „Miss Ellen. Dompteuse und langjährige Dresseuse des Leipziger Zoologischen Gartens" steht nun auf den Briefbögen. Obwohl ihr der Zoo einen Zentralkäfig und andere Requisiten leiht, langt das verdiente Geld kaum zum Nötigsten. Immer neue Bettelbriefe erreichen die Direktion, wo man zum Schluss die Geduld verliert. Schließlich verdingt sich die geschiedene Frau mit dem Programm von vier „Berberlöwen" in kleineren Zirkusunternehmen, tingelt über Jahrmärkte und durch billige Varietees. Zu allem Unglück gehen zwei der Großkatzen in den kommenden Jahren ein, sodass sie mit weniger Gage zufrieden sein muss. Auf einem Schützenplatz in Chemnitz-Altendorf findet ihr Leben 1938 ein furchtbares Ende. Beim Betreten des Käfigs wird Elsa Holzner von einem der Tiere angefallen und so schwer verletzt, dass sie bald darauf stirbt.

Zoodirektor und Tierpsychologe

Als Karl Max Schneider vom Schicksal der ehemaligen Mitarbeiterin hört, schreibt er einen Gedenkartikel. Zeit für große Betrachtungen bleibt ihm allerdings nicht. Nach der Entlassung von Johannes Gebbing hat er im Oktober 1934 dessen Stelle übernommen und leitet jetzt die Geschäfte des Zoos. Dass der Wechsel im Direktorat für den Assistenten unverhofft kam, be-

weisen die Dokumente. Die Stadtverwaltung allein hat die Entscheidung herbeigeführt und Schneider ins Amt berufen.
Den Leipzigern ist der neue Direktor seit langem vertraut. Viele Besucher kennen ihn durch Führungen oder aus Zeitungsberichten, wissen um seinen Aufstieg aus kleinen Verhältnissen. Der Sachse gilt als humorvoll und umgänglich, als Fachmann und integrer Charakter. Dennoch täuscht sein Auftreten über manches hinweg. Auch die engsten Mitarbeiter erfahren nichts von den inneren Zweifeln, die ihren Chef jahrelang plagen, haben keine Ahnung von den Schmerzen, denen er ausgesetzt ist. Nur seinem Tagebuch vertraut er sich an; hier notiert er, was ihn bewegt. „Ich gehöre zu jenen, die das Leben schwer und als Aufgabe nehmen", schreibt er in einer der durchwachten Nächte, während es an anderer Stelle heißt: „Ich will aus meinem schwachen Körper soviel wie möglich herausholen." Und so arbeitet der Junggeselle fast ununterbrochen, dauert sein Tag von sieben Uhr morgens bis in die Abendstunden.
Neben den täglichen Dienstgeschäften treibt den Direktor noch anderes um. Der promovierte Zoologe ist ein sehr genauer Beobachter. Bereits als Student hat er sich die Gabelsberger Stenografie beigebracht, eine Kurzschrift, die heute nur noch Experten kennen. Mit Erstaunen lesen wir, wie präzise die Mitschriften sind, wie akribisch er Situationen erfasst. Das Kristallgitter der Schneeflocken und die Abdrücke der Hasenspuren, die Jahresringe der Bäume und die Phasen der Sonnenfinsternis – kaum etwas entgeht seiner Aufmerksamkeit. Später überträgt er diese Methode auf den Zoologischen Garten, beschreibt er die einzelnen Tierarten, ihre Gebärden und Ausdrucksformen, ihre Fortpflanzung und den Körperbau – Unterschiede und Gemeinsamkeiten. Gleich einer Reihe von Kollegen in Wien oder Berlin begreift er den Zoo auch als Ort der Wissenschaft. Wo sonst, so Schneider, lassen sich die Lücken zwischen Feldforschung

und Laborstudien so wirkungsvoll schließen, herrschen ähnlich gute Bedingungen?
Und wie zur Bestätigung seiner Überzeugung veröffentlicht er die Ergebnisse der eigenen Arbeit, berichtet er über das Geschlechtsleben der Fleckenhyäne oder das Verhalten von Brieftauben, die Merkmale von Bambusbären oder die Jugendentwicklung des Schimpansen. Mit 450 wissenschaftlichen und populärwissenschaftlichen Artikeln ist Schneider produktiv wie nur wenige und einige der Beiträge haben den bleibenden Wert von Monografien. Obwohl seine besondere Leidenschaft der Tierpsychologie gilt, zu deren Begründern er gehört, beschäftigt sich der Leipziger mit einer Vielzahl von Themen. Möchte er doch einen Beitrag leisten zu den neuen und aufregenden Fragen der Biologie, den Untersuchungen zur Genetik und Züchtungsforschung zum Beispiel.
Die Löwenhaltung des Zoos kommt ihm da gerade recht und wird fast selbstverständlich Gegenstand seines Interesses. Auf welche Weise lassen sich Verhaltensmerkmale wie geringe Nervosität und leichte Zähmbarkeit erzeugen? Was braucht es, damit die Löwen beeindruckend aussehen und sich problemlos um ihre Jungen kümmern? So führt Schneider Statistiken ein, charakterisiert er die einzelnen Tiere, notiert er die Tragezeiten und das Körpergewicht der Welpen, die Wurfstärken und das Geschlechterverhältnis. Bereits 1928 fasst der Assistent seine Beobachtungen erstmals zusammen und schafft einen Überblick, der Jahrzehnte Bestand hat. „Einiges zur Leipziger Löwenzucht" nennt er den Artikel bescheiden und greift das Thema auch später von Zeit zu Zeit auf. Als einer der Junglöwen einen Gummisauger verschluckt, geht er der Frage nach, wie lange ein Fremdkörper durch den Darm eines nicht ausgewachsenen Löwen läuft. Daneben beschreibt er die Fleckung der Jungtiere, informiert über eine Löwin mit Mähne und untersucht verschiedene Krank-

heitsbilder. Immer wieder vergleicht er Großkatzen mit anderen Arten, wobei ihn vor allem die Gebärdensprache der Tiere beschäftigt.

Leo III. – ein Löwenschicksal

Im Sommer 1935 erscheint das erste Kinderbuch Schneiders. Manches von dem, was der Autor bislang in Zeitschriften und Journalen publiziert hat, ist hier wiederzufinden. „Mit Löwen und Tigern unter einem Dach" nennt er die illustrierte Publikation. Das Schreiben für eine breite Leserschaft bereitet ihm Freude, die Texte gehen schnell von der Hand. Oft skizziert der Direktor dabei die Geschichte einzelner Tiere und legt Wert auf das Unverwechselbare. Bussy, Cäsar und Leo III. – sie alle werden in ihrem Charakter vorgestellt. Auflagenstarke Zeitschriften reißen sich um die Beiträge und drucken mehrseitige Reportagen. Die Leser erleben die Tierbiografie im Wechsel der Lebenszyklen, wobei schon die Zwischenüberschriften eine deutliche Sprache sprechen: „Jünglings- und Mannesjahre", „Liebe und Tod" – heißt es zum Beispiel in jener Geschichte, die das Leben Leo III. behandelt. Sie ist im 49. Jahrgang von „Reclams Universum" veröffentlicht und mit zahlreichen Fotografien versehen:
„Anfang März 1919", so Schneider, „gebar die schöne Löwin Schauri im Leipziger Zoologischen Garten vier Babys. Unter den zwei Bübchen war ein halbtotes Löwenkind. Sein Mäulchen war schon kalt, das Fellchen welk. Es wurde, wie das hier so üblich ist, aus der Wochenstube der Alten genommen und in die Küche des Wirtschaftshofs getragen. Vielleicht, dass hier in sorgsamen Händen, auf Wärmesteinen und mit allerlei Hausmittelchen das nur noch glimmende Lebensflämmchen noch

einmal zum Flackern käme. Groß war die Hoffnung nicht, und der Tierarzt rief: ‚Macht ihn doch tot'!
Tagelang ging das so hin zwischen Leben und Sterben; aber auch der berüchtigte neunte Tag verging, und das Würmchen lebte immer noch. In sonnigen Mittagsstunden wurde es in Kissen auf den Hof gebettet; natürlich nicht zu lange. Da fand sich eine Spitzhündin, die soeben geworfen hatte. Der wurde das schwächliche Kätzchen zu dem einzigen belassenen eigenen Kind – einem schwarzen Welpen mit weißem Brustfleck – angelegt. Die Amme nährte die verschiedenen Geschwister, bis ihre Milchquellen versiegten. Sowie es aussah, das Löwchen werde sich am Leben halten, bekam es den Namen Leo; in der Genealogie der beinah tausend Leipziger Löwen stand es als Leo III. zu Buche. Leo und sein Spitz wuchsen wie echte Brüder heran, bis für die Freundschaft eine harte Prüfung kam.
Am ersten Weihnachtsheiligabend, den Leo erlebte, entlief sein Spitz; wahrscheinlich wurde er verlockt. Seitdem war des Löwen Ruhe hin. Er schlief nicht mehr bei Nacht, sondern jammerte unaufhörlich seine ‚a – u!'. Nur tagsüber, während Menschen in der Küche waren, kam er zum Schlafen. Rief seine Pflegerin: ‚Spitz!', so sprang er aufs Fensterbrett und sah sich lebhaft um. Nach bangen drei Tagen – man fürchtete, der Löwe härme sich zu Tode – wurde der ‚Verblühte' wiedergebracht. Auf dem Hauptbahnhof hatte man den jugendlichen Stromer beim ‚Streuseln' festgenommen. Leo war außer sich vor Freude, als er den alten Kumpel wieder hatte. Spitz schien weniger erbaut; das freie Bummelleben hatte ihm mehr zugesagt als die Balgerei mit dem Knaben, der täglich mehr anfing, ihm fürchterlich zu werden. Freilich hatte er bereits seine ersten Methoden, um den jungen gelben Riesen, wenn er fläzig wurde, die Englein hören zu lassen. Gebärdete sich Leo übermütig, dann fasste ihn der in zwergenhafter Größe zurückbleibende Hund

an der Oberlippe oder dem Augenlied und führte ihn wieder auf den Pfad guter Freundschaftssitten zurück. Trotz alledem gab's auch bei dem kleinen Kläffer gelegentlich ein blutunterlaufenes Auge ..."

Und so geht es munter fort, erfahren wir Begebenheiten und Abenteuer, werden Anekdoten erzählt und Erlebnisse aneinander gereiht. Leo wächst heran, der Käfig mit den Milchgeschwistern ist stets dicht umlagert, das seltsame Paar erregt Aufmerksamkeit: „Mensch, weesde, wenn de dän schwarzen Leven uf d'r Straße sähst, da wirdsd de dänken, ‚'s is e Hund!", soll einer der Besucher zu seinem Nachbarn gesagt haben. Schneider aber merkt sich die Gespräche und notiert sie, wann immer Gelegenheit ist. Im Unterschied zu Johannes Gebbing, der den Löwen gleichfalls beschreibt, verfolgt er auch wissenschaftliche Interessen, will er möglichst viele Charaktermerkmale erfassen. Leo seinerseits gerät vor die Filmkamera, mimt den Bösewicht und zeichnet zudem für 49 Kinder verantwortlich. Dabei tut er sich anfangs schwer mit den Frauen, erwacht die Leidenschaft eher zögernd. Schließlich – und hier hat die Geschichte ihr dramatisches Finale – fällt er beim Liebeswerben in den Wassergraben der Raubtierterrassen. Löwen können zwar schwimmen, doch dieser Sturz führt zu Verletzungen. Im Nu saugt sich die mächtige Mähne voll Wasser, ein paar unbeholfene Bewegungen, dann geht das Tier unter. Und noch einmal hebt der Autor nun an, spielt er auf der Klaviatur großer Gefühle:

„An einem Maientag verbrachte der zehn Jahre alte Leo seine Flitterwochen mit einer fünfjährigen schlanken Löwin auf einem felsigen Abteil der Leipziger Raubtierterrassen. Eben waren sie wieder beim Schäkern; eben entwand sich das junge Weib seinen Pranken und sprang von einem hohen Vorsprung aus hinab ans schräge Ufer. Leo ihr nach, bekommt aber unten auf dem Hang das Übergewicht, verliert die Herrschaft über seinen

Leo III., um 1925

schweren Körper – seine Hinterhand war ohnehin nicht stark – schlägt auf, überkugelt sich und rollt ins Wasser. In dem abschüssigen, reichlich zwei Meter tiefen Graben kommt er nicht gleich in die richtige Schwimmlage – wahrscheinlich war er von dem Sturz betäubt oder durch das überraschende Geschehnis noch benommen – , er paddelt, schräg rückwärts schwimmend, die vollgesogene Mähne scheint ihn zu beschweren, er taucht mehrmals unter. Ein in der Nähe beschäftigter Gärtner ruft für ihn um Hilfe. Ausgerechnet eine seiner Pflegerinnen, die ihn von klein auf mit herangezogen, kommt eben hin, wie er den Mund noch über Wasser hält – und versinkt. Ein Blasenschwall steigt aus der Flut. Inzwischen kommen wir gerannt, aus allen Ecken. Da begegnet uns an der Hofecke die Getreue, die Leos Leben aufflammen und verlöschen sah, bitterlich weinend: ‚Leo ist ertrunken!' Die plötzlich verwitwete Löwin wird zurückgenommen, die Wärter gehen in Kleidern und ausgezogen ins Wasser; eine Leiter wird in den steil abfallenden Graben gestreckt. Nach einer halben Stunde erst wird die Leiche gefunden, herausgezogen, auf eine Bahre gelegt, in eine Plane gehüllt, wie der Leib eines erschlagenen Helden. Die Zunge hing ihm heraus, die Lefzen sanken schlaff herunter, Schlamm klebte im Rachen – wohl mit dem letzten Atemzuge angesogen. Als er an diesem schwarzen Tag zum Tor hinausgetragen wurde, war uns, als bringe man einen gefallenen Kameraden fort."

Wechselnde Bilder

Mit seinen detailgetreuen und emotionalen Geschichten hat Schneider dazu beigetragen, ein neues Bild vom Löwen zu prägen. Es löst die Legende vom „König der Tiere" nicht einfach ab, sondern fügt weitere Deutungen hinzu. Galt der Löwe bislang als Sinnbild von Stärke und wilder Ursprünglichkeit, interessiert er nun als Freund und Charakter. Beide Entwürfe existieren nebeneinander, entfalten ihre Faszination auf verschiedene Weise. Während das Raubtierhaus für die einen „unheimlich und schwarz in der Dunkelheit steht", können die anderen hier nichts Gefährliches entdecken. „Die Löwen dieses Gartens sind friedeselig wie Karnickel", schreibt der Schriftsteller Erdmann Graeser, als er im Sommer 1921 die Messestadt besucht. Vier Jahre später verfasst Egon Erwin Kisch eine ganz andere Reportage. Nach der Besichtigung des Berliner Raubtierhauses entwirft er ein erbarmungswürdiges Porträt. Die vorgeführten Tiere – darunter die Leipziger Löwin Schenzi – sind für ihn degenerierte „Pantoffelhelden", die an Darmgeschwüren und Tuberkulose leiden. Zwar bleibt diese Meinung ein Einzelfall, doch deutet sich hier etwas Neues an. Für den berühmten Autor ist der Zoo ein Symbol der Entfremdung, des falschen Umgangs mit der Natur.

Karl Max Schneider wiederum begreift den Natur- und Artenschutz als Herausforderung. Nur durch die Erziehung zur Tierliebe, wie sie im Zoologischen Garten möglich sei, erhalte der Kampf gegen Vogelmord und Walfang, gegen Robbenschlächtereien und Elefantenscharmützel eine Grundlage. Dabei erkennt Schneider, dass sich die Ansprüche der Menschen verändern, sie vielfach sensibler werden. Wer nun in den Zoo kommt, sucht häufig die Nähe zum Tier, möchte Trennendes überwunden wissen. Gemeinsam mit dem Architekten Carl James Bühring entwirft der Direktor einen Tierkindergarten, der diesem Bedürfnis entgegenkommt. Auf dem von Holzhütten umgebenen „Marktplatz" tummeln sich Schafe, auf der dahinter gelegenen Vorführbühne werden Dressuren gezeigt. Ein Geflügelhof mit Taubenschlag erinnert an Aschenbrödel, ein Ziegenstall an die Geschichte der sieben Geißlein. Viele der Bewohner können gestreichelt werden; eine Kuh ist mit ihrem Kälbchen zu sehen, eine Muttersau mit ihren Ferkeln. Fast entschuldigend lässt Schneider daneben auch junge Löwen gelten. Der Löwe sei schließlich das Leipziger Wappentier und „an der Pleiße heimisch" geworden.

Am 30. Oktober 1936 startet die Zoodirektion eine Pressekampagne und feiert „die 1000. Löwengeburt“. Per Eilmeldung wird das Ereignis publik gemacht und steht kurz darauf in den Zeitungen. Landesweit loben die Journalisten den „Erfolg deutscher Raubtierzucht“ und selbst im Ausland berichten Agenturen von der „Naissance mémorable au zoo de Leipzig“. Das mit einer Schleife geschmückte Tier muss sich fotografieren lassen, die Bilder erscheinen vier Tage später und gehen zu Herzen. „Die Messestadt“, so heißt es, „hat unstreitig die stärkste Löwenzucht Europas und wahrscheinlich sogar der ganzen Welt. Wie schon gemeldet, lagen am Freitag drei kleine Welpen in einem Wochenbett. Ihr Vater Harras und die Mutter Senta gehören zu den wertvollsten Zuchtlöwen des Zoos.“ Schneider selbst schreibt mehrere Jubiläumsartikel, während die Leipziger Neuesten Nachrichten mit einem „Gedicht“ gratulieren: „Frau Senta in der Löwengrube/Hält schnurrend ihre Wochenstube/Des schönsten Glückes vollbewußt/Ein Löwen-Mädel und zwei -Jungen/Hält ihre Tatze sanft umschlungen/Und drückt sie an die Mutterbrust“, erfahren wir hier im Lokalteil.

Andere Redakteure informieren über den Löwenhandel, nennen Preise und erzählen Geschichten. Die älteste und zugleich sensationellste von ihnen ist die vom Export der Tiere nach Afrika. Ob in der Mitteldeutschen Zeitung oder dem Neuköllner Tageblatt, die Texte gleichen einander: „Wenn sie in Kapstadt oder Johannisburg oder in einer anderen großen Stadt Südafrikas, die zoologische Gärten besitzen, einen Löwen brauchen, dann geht ein Bestellungsschreiben nach Leipzig“, behauptet die Niederrheinische Zeitung in Krefeld. Und was lange genug wiederholt wird, prägt sich am Ende ein, hinterlässt einen Abdruck in der Erinnerung. Immer neue Beiträge erscheinen, und bald wundert sich niemand mehr über die „sächsischen Löwen unter Afrikas Sonne“. Dass die ganze Angelegenheit frei erfunden ist, wissen nur wenige. Karl Max Schneider hütet sich vor einem Dementi und auch sein Vorgänger Johannes Gebbing trägt nichts zur Aufklärung bei. Fest steht, dass der Westfale mehrfach einen Löwen erwähnt, den der Zoo an eine Menagerie in Kapstadt geliefert habe. In den Büchern allerdings existiert keine Spur dieses Tieres, und bei Gebbings Talent für Reklame weist alles auf eine Legende hin. Erst Jahrzehnte später exportiert der Zoo tatsächlich zwei Löwen nach Afrika und kann endlich Fakten zitieren.[14]

Der Leipziger Löwenhandel beweist Weltläufigkeit und passt auch den Nationalsozialisten gut ins Konzept. Im Jahr der Olympischen Spiele, die 1936 in Berlin stattfinden, gibt man sich großzügig und streicht die internationalen Kontakte heraus. Trotzdem lassen die Machthaber nichts unversucht, alle Lebensbereiche zu kontrollieren. Wie selbstverständlich ist der Zoologische Garten in die Kampagnen der Nazis einbezogen, herrscht ein neuer Ton in den Berichten. Da sprechen die Kommentatoren von der „rassischen Auslese der Löwen“ und den „segensreichen Folgen gesunder Eltern“, da entspricht der Zoo dem „germanischen Hang zur Natur“. Selbst der „Lustige Tierkindergarten“ soll das „Volksempfinden“ stärken und den „Gemeinsinn“ befördern.

Karl Max Schneider hält sich bei alldem zurück. Erst spät und unter dem Druck der Verhältnisse wird er 1937 Mitglied der NSDAP. Wenn er nach Berlin zu zentralen Veranstaltungen fährt, so mit dem Ziel, die Bevormundung der zoologischen Gärten zu verhindern. Zum Glück stärkt ihm der Leipziger Oberbürgermeister Carl Friedrich Goerdeler dabei den Rücken, berufen sich beide auf die deutsche Gemeindeordnung. Ungeachtet mancher Phrasen vermeidet Schneider ideologische Bekenntnisse und warnt vor überzogenen Reaktionen. In das Tierreich politische Grenzen einzutragen, sei lächerlich und läge wohl kaum „im Interesse der völkischen Bewegung". Im Grunde bleibt ihm der Nationalsozialismus fremd, verwundert registriert er, wie viele seiner Bekannten sich plötzlich für die „Bewegung des Führers" ereifern.

Mit Zepter und Peitsche

Zu den engsten Freunden des Leipziger Zoodirektors gehört Alfred Lehmann. Seit Kindesbeinen ist der Ethnologe mit dem Tiergarten verwachsen, kennt er jeden Winkel des Geländes. Als Lehmann Direktor des Leipziger Verkehrsvereins und Schriftleiter der verbandseigenen Zeitschrift wird, schreibt Schneider Beiträge für dieses Journal und berichtet hier unter anderem von der Löwenzucht. Das Wappentier der Messestädter gilt auch als Werbeträger, eine Tatsache, die Stadt und Zoo gleichermaßen zu schätzen wissen. Dass bereits am Pinkertschen Fettviehhof ein steinernes Schild mit dem meißnischen Löwen hing, erscheint so noch im Nachhinein schicksalhaft.

Ob das große Löwenfest, das die Stadt 1938 feiert, auf eine Idee Alfred Lehmanns zurückgeht, lässt sich nur mutmaßen. Auf alle Fälle ergreift der Leipziger Verkehrsverein die Initiative und setzt sich mit dem Zoo in Verbindung. Die NS-Organisation „Kraft durch Freude" mobilisiert ihre Mitglieder und finanziert das Projekt. Entspricht es doch jener Linie, die man seit Jahren verfolgt. Mit einer ganzen Reihe von Festen und Feiern soll die nationalsozialistische Herrschaft gestärkt und mit den Traditionen der Stadt verbunden werden. So entscheiden sich die Organisatoren für eine faschingsähnliche Veranstaltung am letzten Sonntag im Februar.

Das Spektakel beginnt auf dem Leipziger Marktplatz. Punkt zwei Uhr schlägt hier die Glocke des Alten Rathauses. Zu den Klängen des eigens komponierten Löwenliedes tritt ein Herold auf den Balkon und schwenkt seinen Federhut: „Löwenväter, Löwenmütter, Löwenkinder schreit er in die wartende Menschenmenge, „begrüßt jetzt euren Löwenkönig, den Löwenhäuptling und Löwenzüchter, den Löwendoktor vom Löwenzoo!" Unter lautem Jubel erscheint daraufhin Karl Max Schneider. In einem feierlichen Akt wird ihm als Zeichen seiner Würde ein goldenes Zepter überreicht, erhält er einen Löwenschwanz als Peitsche und einen riesigen Pferdeknochen als Prügel. Gleichzeitig mit den Ereignissen auf dem Markt startet in der Pfaffendorfer Straße der große Löwenfestzug. An seiner Spitze erkennen die Zuschauer Feuerwehrleute und Polizisten, Straßenbahner und Zirkuspersonal. Dargestellt wird die Leipziger Löwenjagd vom Oktober 1913 und die kostümierten Männer sind auf der Suche nach den ausgebrochenen Tieren. Auf einem von sechs Pferden gezogenen Wagen rattert das geschmückte Stadtwappen vorbei, gefolgt von einer Kutsche, aus der – gut bewacht – das 1000. Löwenjunge grüßt. Die Mitarbeiter des Operettentheaters haben einen Holzlöwen aus dem Fundus geholt, Tänzerinnen sitzen winkend zu seinen Füßen. Auf einem weiteren Gespann drucken Männer in Arbeitsmonturen das Festblatt „Die Pranke". Begleitet von Musikkapellen und mancherlei Schabernack zieht der Wagenkonvoi hunderte Meter dahin.
Wie viele Menschen den Umzug begrüßen, wissen die Organisatoren nicht. Die Journalisten zumindest vermitteln ein enthusiastisches Bild, sprechen von Hunderttausenden. „Der Andrang und die Beteiligung des Publikums", so einer der Reporter, „ging weit über den Rahmen des sonst Gewohnten und ebenso weit über die Grenzen der Stadt hinaus. Von überall her brachten Züge und Omnibusse einen gewaltigen Zustrom an Fremden

und Schaulustigen." Vertraut man den Zeitungsberichten, dauert das Fest bis in die Abendstunden, werden die Feiern in „allen Lokalen" fortgesetzt. Nur am Rande kritisieren die Kommentatoren den fehlenden Enthusiasmus beim „Brüllen des Löwenliedes" oder beim Schunkeln in geselliger Runde.
Auf einem der Pressefotos in der Neuen Leipziger Zeitung ist auch Karl Max Schneider zu sehen. Ganz allein steht er vor einem riesigen Löwen aus Pappmaschee, blickt er geradewegs in

Einer der Schauwagen des Löwenumzuges am 27. Februar 1938

die Kamera. Mit seinem Fellkragen und dem Zylinder auf dem Kopf wirkt der Zoodirektor fremd und ein wenig verloren. Statt des üblichen Krückstocks, den er beim Laufen benutzen muss, hält er einen Zeremonienstab in der Hand, umspielen die Finger den Löwenknauf. Obwohl Schneider sich selbstbewusst gibt, spürt man das Rollenspiel. Schwer vorstellbar, dass der nun über Fünfzigjährige den Tag und die Aufregung der vergangenen Stunden wirklich genossen hat.

Jahr für Jahr soll das Stadtfest fortan wiederholt werden, doch letztlich kommt alles anders. Mit dem Überfall auf Polen beginnt Deutschland den Zweiten Weltkrieg. Nur widerwillig lässt der Zoodirektor seine Mitarbeiter an die Front ziehen, verabschiedet er fast ein Drittel der gesamten Belegschaft. Abermals treten Frauen an die Stelle der Männer, steigt die Arbeitsbelastung des Stammpersonals. Trotz dieser Bedingungen laufen der Betrieb und die Löwenzucht zunächst reibungslos weiter. Wie Karl Max Schneider der Stadtverwaltung mitteilt, sei die Nachfrage „anhaltend groß" und schwer zu befriedigen.
Gemeint sind damit vor allem die zahlreichen Briefe, in denen Soldaten und Offiziere um einen Junglöwen für ihre Einheiten bitten. Wie im Falle des Kreuzers Leipzig dienen die Tiere als Maskottchen und willkommene Abwechslung. Selbst wenn sich kaum zwei Dutzend solcher Tiere nachweisen lassen, wird viel über sie berichtet. Nur wenige Fotografen können der Versuchung widerstehen, das seltene Motiv festzuhalten. Wir erkennen die Junglöwen zwischen Matrosen der Kriegsmarine und vor den Propellern von Kampfflugzeugen, auf dem Deck eines Schiffes oder im Kreise der Offiziere. In Bildunterschriften und kleinen Artikeln verweisen die Journalisten auf den Geburtsort der Löwen und die „enge Verbindung zwischen der Heimat und ihren tapferen Soldaten".
Einer der Empfänger der begehrten Ware heißt Franz von Werra. Der Jagdflieger schweizerischer Herkunft zählt schon kurz nach dem Beginn des Krieges zu den erfolgreichsten Piloten seiner Einheit. Ohne Skrupel und berauscht von der Technik, fiebert er dem Kampf und der Herausforderung entgegen. Nach der Teilnahme am Überfall auf Polen wird das Geschwader von Werras an die deutsche Nordseeküste verlegt, wo der Pilot in

einer Transportfliegerstaffel einen Löwen entdeckt. Da sein Versuch, im nahe gelegenen Zoo ein eigenes Tier zu erwerben, scheitert, wendet er sich an die Leipziger Züchter. Schneider zögert zunächst und gibt schließlich nach. Der Löwe wird geliefert, gerät Tage später in den Frankreichfeldzug und zieht mit dem Piloten von Flugplatz zu Flugplatz. Anfang Juni 1940 meldet Franz von Werra seinen achten Feindabschuss, Ende August den spektakulären Angriff auf eine englische Luftwaffenbasis. Nun interessieren sich die Zeitungen für den Oberleutnant, beginnt die Geschichte des „Kriegshelden". Seine Flucht aus der englischen Gefangenschaft, in die er 1941 gerät, erregt weltweit Aufmerksamkeit und bestimmt für Tage die Schlagzeilen.
Aus diesem Grund veröffentlicht auch der Leipziger Beobachter folgenden Briefwechsel: „Simba", so Franz von Werra am 25. Juli 1940, „hat sich unglaublich gut entwickelt und meiner ganzen Jagdgruppe während des Einsatzes gegen Frankreich auf unseren Feldflugplätzen riesig viel Freude bereitet. Alle Generäle, die auf unseren Flugplätzen landeten, waren von ihm sofort begeistert. Man behauptete sogar, unsere Berühmtheit gegenüber anderen Jagdgruppen wäre weniger auf unsere Abschusserfolge, als auf unseren Löwen zurückzuführen. Die Kriegsberichterstatter stürzten sich am laufenden Band mit Leica und Filmkamera auf Simba. Rohes Fleisch bekommt er schon längst nicht mehr, denn er ist nun vollständig auf Feldküchenfutter (Bohnensuppe, Sauerkraut und Milchreis) umgeschult."
Die Antwort Schneiders lässt nicht auf sich warten. Der Kriegsbericht habe ihm „eine Bombenfreude gemacht" und werde ihm stets in Erinnerung bleiben, bemerkt der Direktor beziehungsreich. Er jedenfalls könne sich wohl denken, dass es dem kleinen Löwen wie „Herrgottchen in Frankreich gehen müsse" und im Übrigen sei das Tier durchaus an Hausmannskost zu gewöhnen. Die Korrespondenz, die mit dem Austausch von Fotos ein-

Der Geschwaderlöwe Simba auf einem Feldflugplatz in Frankreich, 1940

hergeht, bricht erst nach der Gefangennahme des Piloten ab. In seiner Vertretung schreibt der neue Staffelführer der Einheit und berichtet, dass der Löwe seinen Trennungsschmerz nun überwunden habe und „herrlich mit Katzen, Hunden und einem Bären“ spiele. Zugleich bittet er um ein neues Jungtier, wäre doch die Freude der Männer riesengroß, wenn sie im „Endkampf gegen England“ wieder solch einen netten Schützling im Geschwader hätten.

„Den will ich sehen, der da noch nein sagen kann“, entgegnet Schneider und verspricht, sich zu kümmern. Dass es letztlich zu keiner weiteren Löwenlieferung kommt, liegt an der Lebensgeschichte des berühmten Piloten. Franz von Werra kehrt zwar zu seiner Einheit zurück, stirbt aber kurz darauf über dem Ärmelkanal. Ein Motorschaden hat das Flugzeug im Oktober 1941 zum Absturz gebracht.

Der leicht operettenhafte und uns heute makaber anmutende Briefwechsel zwischen den Männern erklärt sich auch aus der Euphorie jener Tage. Bis zur Schlacht vor Moskau marschiert die deutsche Armee von Sieg zu Sieg, gibt es in der Heimat kaum Engpässe. Um die Leipziger „von unerwünschten Gedanken abzulenken“, bleibt der Zoo in vollem Umfang geöffnet. Immer wieder wird seine Popularität für Propagandazwecke genutzt. So veröffentlichen verschiedene Zeitungen im Mai 1940 Berichte über eine Luftschutzübung im Wirtschaftshof. Auf den dazugehörigen Fotos sind freilaufende Löwen und eine züngelnde Riesenschlange zu sehen. Dass die Mitarbeiter angesichts solcher Gefahren gefasst bleiben, soll den Lesern Ansporn sein. Ab Mitte 1943 wird aus den Übungen bitterer Ernst. Der Leipziger Garten nimmt nun Tiere auf, die anderswo nicht mehr untergebracht werden können. Nacheinander fallen zahlreiche Zoos den alliierten Bombenangriffen zum Opfer. Aus dem zerstörten Berliner Aquarium trifft ein Komodowaran ein und Heinrich Hagenbeck schickt aus Hamburg zwei Elefantenschildkröten. Doch auch für Karl Max Schneider und seine Mitarbeiter verschlechtert sich die Situation. Die Versorgung mit Futtermitteln weckt Erinnerungen an den Ersten Weltkrieg und erfordert große Anstrengungen. Auf dem freien Markt ist Fleisch kaum mehr zu haben und nur der massenhafte Bezug von geraubten Schlachttieren verbessert die Lage vorrübergehend. „Wenn in Russland das Rindvieh gemustert wird, haben wir starken Anfall. Dann aber folgen meist schlimme Zeiten“, informiert Schneider die Stadtverwaltung.

Von Zeit zu Zeit macht sich der Direktor des Zoos jetzt auf den Weg, besteigt er einen Lastkraftwagen und fährt ins Krankenhaus „St. Georg“. Hier, wo er vor mehr als einem Vierteljahr-

Der vergitterte Laufgang zu den Löwenterrassen, um 1943

hundert selbst um sein Leben gekämpft hat, besucht Schneider verwundete Soldaten. Das Herz dürfte ihm schwer geworden sein angesichts der jungen Männer, die da in Rollstühlen und mit Krücken vor ihm saßen. Kleine Löwen und ein winziges Krokodil werden aus den mitgeführten Kisten geholt und zum Streicheln im Kreis herumgereicht. Schneider hält eine Ansprache, bemüht sich um Optimismus und gibt nach einer knappen Stunde das Aufbruchsignal. Später besucht er noch zwei weitere Lazarette; die anwesenden Journalisten werden am nächsten Tage davon berichten. „Der Löwenvater von Leipzig", so überschreibt eine der Zeitungen ihren Artikel.

In der Nacht vom 3. zum 4. Dezember 1943 kommt es zu einem Luftangriff auf die Messestadt. Mehr als 400 Flugzeuge verwandeln ganze Häuserzüge in ein Feuermeer, etwa 1800 Menschen verlieren ihr Leben. Gemeinsam mit seinem Assistenten Heinrich Dathe, der zufällig auf Fronturlaub in Leipzig ist und zur Hilfe eilt, organisiert Schneider die Löscharbeiten. Etwa 20 Gebäude sind von den Brandbomben getroffen worden. Im Aquarium, in Teilen des Wirtschaftshofs, der Fasanerie, des Verwaltungsgebäudes und im Planetarium lodern die Flammen. Während im Affenhaus Panik ausbricht, verhalten sich die Löwen weitgehend ruhig. Für sie gleicht das Ganze der üblichen Aufregung bei einem Gewitter. Dabei droht auch ihnen Gefahr. Eine Brandbombe ist im Gebälk eingeschlagen und hängen geblieben. Die Balken glimmen vor sich hin und werden zu einem bedrohlichen Feuerherd. Ohne Rücksicht auf das eigene Leben klettert der Raubtierwärter Gerhard Bär schließlich auf den First des Glasdaches und löscht den schwelenden Brand.

Noch während in den nächsten Monaten alles daran gesetzt wird, die Schäden notdürftig zu reparieren, erfolgen neue Angriffe. Besonders verheerend wirkt sich das Bombardement vom

20. Juli 1944 aus. Ganze Tiergruppen verenden unter Qualen oder müssen getötet werden. Die Splitterbomben zerfetzen Hirsche und Esel, Bären und Vögel. Viele der herbeigeeilten Helfer waten buchstäblich durch Blut. In kurzer Zeit verliert der Zoo etwa 60 Großtiere, darunter eine Herde seltener Parkrinder. Weitere Verluste gibt es durch die immer schwierigere Futterversorgung und das Heizungsproblem. In einem Brief beschreibt Karl Max Schneider die letzten Kriegstage. Am 6. April wird demnach nicht nur die Zierfischabteilung des Aquariums, sondern auch die Direktorenwohnung im Verwaltungsgebäude zerstört. Mit den wenigen Gegenständen, die ihm verblieben sind, zieht er nun zurück in den Wirtschaftstrakt. Zum Glück hat Schneider sämtliche Manuskripte und Filme vor Monaten schon nach Rochlitz gebracht und in der sächsischen Kleinstadt deponiert. Wären sie verbrannt, „ich hätte mich gleich daneben legen können“, beschreibt er seine Situation.

Beschlagnahmte Löwen

Als die Amerikaner am 19. April in Leipzig einrücken, gibt es im Zoo dramatische Szenen. Schneider, der ein begeisterter Fotograf ist, weigert sich die Kamera abzugeben und soll daraufhin erschossen werden. Soweit kommt es am Ende nicht, doch die Lage bleibt angespannt. Wie die gesamte Stadt bietet das Zoogelände ein Bild der Verwüstung. Schon das niedergebrannte Planetarium lässt das Ausmaß der Zerstörungen erahnen. Auf den erhaltenen Fotografien sind die Schäden dokumentiert: Trümmer und Bombentrichter, verwüstete Anlagen und aufgerissene Wege. Hinter den Kulissen jedoch geht die Arbeit weiter. Etwa 650 Tiere haben den Krieg und die Luftangriffe überlebt. Sie benötigten Futter und müssen versorgt werden.

Mit der Übergabe der Macht an die sowjetische Militäradministration beginnt eine Zeit voller Widersprüche. Obwohl sich der neue Stadtkommandant Nikolai Trufanow nach Kräften um den Zoo bemüht, bleibt die Versorgung mit Futter und Brennmaterial ein großes Problem. Ähnlich wie nach dem Ersten Weltkrieg reicht es kaum zum Nötigsten. Auch das Verhältnis zu den Offizieren und Soldaten ist kompliziert. In den Quellen sind mehrere Fälle von Vandalismus und Tierquälerei überliefert. Selbst von der militärischen Führung können die Männer nur schwer diszipliniert werden. Alle von ihnen haben Schreckliches durchgemacht, und manch einer lässt nun seinen Aggressionen freien Lauf. Angesichts der großen Zahl von Armeeangehörigen, die den Garten besuchen, handelt es sich letztlich um Einzelerscheinungen.
Weit bedrohlicher für den Bestand des Zoos sind die Reparationsleistungen. Im Oktober 1945 werden 62 Tiere beschlagnahmt und einen Monat später nach Moskau transportiert. Darunter befinden sich 15 Löwen, drei Pumas, sechs Hyänen und vier Tiger. Da sie bis auf wenige Ausnahmen dem Zirkus Busch und westdeutschen Tiergärten gehören, hält sich der Leipziger Verlust noch in Grenzen. Anders im Frühjahr 1947. Die nun für Kiew angeforderten Tiere zählen zum wertvollsten Besitz des Zoos. Ein Nashorn, die im Dickhäuterhaus geborene Elefantenkuh Maia und viele Großkatzen wechseln den Besitzer. Zwar werden sie von den sowjetischen Behörden bezahlt, doch der niedrige Kaufpreis verschleiert nur den wahren Charakter der Transporte.
Etwa gleichzeitig mit diesen Vorgängen tobt hinter den Kulissen ein erbitterter Kampf um die Geschäftsführung des Zoos. Die Gründe dafür lassen sich schwer auseinanderhalten. Der Wunsch nach einem wirklichen Neubeginn, die Angst vor dem Verlust des Arbeitsplatzes, der Versuch, die Spuren persönlicher

Schuld zu verwischen – all das kommt zusammen. Ab August 1945 muss Karl Max Schneider mit seiner Entlassung rechnen. Als ehemaliges Mitglied der NSDAP hat er sich jetzt zu verantworten. Anonyme Briefeschreiber und die Beauftragten einer KPD-Straßengruppe fordern seine Ablösung. „Wann endlich entfernt man Dr. Schneider. Man muss beobachtet haben, wie gerade dieser Schmarotzer sich bei den Naziführern anbiederte, wie er die Nazizeitungen mit seinen banalen Artikeln überschwemmte und wie er überall in den Betrieben mit seinen abgedroschenen Vorträgen als Nazi aufgetreten ist.“, heißt es in einem der Schriftstücke. Am 19. September wird dem Direktor des Zoos von der Stadtverwaltung gekündigt. Was nun geschieht, ist eindrucksvoll. Bis auf wenige Ausnahmen stellen sich die Mitarbeiter des Gartens hinter ihren Vorgesetzten. So schreiben die Betriebsratsvorsitzenden im Auftrag ihrer Kollegen einen Brief an das Personalamt und verweisen auf die Verdienste Schneiders.

Dramatisch wird die Situation, als der Oberbürgermeister einen provisorischen Geschäftsführer ernennt. Der gelernte Tierpräparator Max Hummel bleibt nur drei Monate im Amt. Seine abenteuerlichen Vorstellungen zur Umgestaltung des Gartens stoßen bei der Belegschaft auf Ablehnung. Die Berichte Hummels zeugen von wachsender Verzweiflung. Immer wieder fordert der neue Leiter die Stadtverwaltung auf, „sich von den Saboteuren im Zoo zu trennen“. Letztendlich hilft alles nichts. Aufgrund der verfahrenen Lage muss der Geschäftsführer versetzt werden. Schneider selbst bittet Bekannte und Kollegen um Hilfe, lässt sich Empfehlungsschreiben ausstellen und betont seine demokratische Gesinnung. Im Gegensatz zu drei anderen NSDAP-Mitgliedern wird er vorläufig im Zoo geduldet und schließlich schrittweise rehabilitiert.

Im Juli 1949 trifft in der Pfaffendorfer Straße eine Tiersendung aus dem Ausland ein. Die Ankunft von drei Riesenschlangen und einigen Fischen wäre vor dem Krieg kaum ins Gewicht gefallen. Im Gründungsjahr der DDR ist sie ein Ereignis. Zum damaligen Zeitpunkt besitzt der Zoo weniger als die Hälfte seines einstigen Tierbestandes. Wiederum hilft die Raubtierzucht über die größten Probleme hinweg, werden Löwen und Hyänen ins Ausland verschickt. Außerdem versucht der Direktor die wissenschaftlichen Arbeiten fortzusetzen. Der nun über Sechzigjährige hat sich für Behördengänge eine große, schwarz umrandete Brille zugelegt. So gewappnet fährt er nach Berlin und beantragt dort eine Presselizenz. Noch 1949 erscheint die erste Nachkriegsnummer der von ihm betreuten Fachzeitschrift „Der Zoologische Garten“. An systematische Forschungen kann dabei niemand denken, übersteigt doch die Arbeitsbelastung ohnehin jedes Maß. Dass der Zoo vom zuständigen Ministerium als wissenschaftliche Institution anerkannt wird, hilft unter diesen Bedingungen wenig. Wichtiger ist da der Freundschaftsvertrag mit der Veterinär-Medizinischen Fakultät, zu deren Honorarprofessoren Schneider seit längerem zählt.
Gegen Ende seines Lebens wird der Leipziger Tiergärtner mit Ehrungen überhäuft. Das liegt auch an dem Ansehen, welches er im Ausland genießt. Schon 1947 hatten ihn die Kollegen als einzigen Deutschen zu ihrem Kongress nach Basel eingeladen. Sechs Jahre später ist er Präsident des Deutschen und Vizepräsident des Internationalen Verbandes der Zoodirektoren. In einer Zeit, in der nur wenige Regierungen die DDR als eigenen Staat akzeptieren, lässt diese Tatsache aufhorchen. Schneider erhält den Nationalpreis, den Vaterländischen Verdienstorden und einen Sitz in der Leopoldina, der Deutschen Akademie der Na-

turforscher. Trotzdem kann sich der so Geehrte mit dem neuen System keineswegs anfreunden. Selbst als er zur Entgegennahme des Nationalpreises nach Berlin fährt, fällt sein Fazit ernüchternd aus. „Auffallend war die Humorlosigkeit bei den Tischreden. Es wurde nie gelacht, weil es eben nichts zu lachen gab", vertraut er seinem Tagebuch an.

Doch wie schon in der Zeit des Nationalsozialismus muss sich der Zoodirektor auch diesmal arrangieren. Seine Mitgliedschaft in der SED ist ein Zugeständnis an die Umstände und hat nichts mit politischer Überzeugung zu tun. In den privaten Aufzeichnungen findet sich dazu wenig. Hier schreibt er über anderes: die Wissenschaft und philosophische Fragen, die Erkenntnisse der Verhaltensforschung und den Sinn des Lebens. Daneben notiert er Begegnungen und skizziert seinen Tagesablauf. Der beginnt früh am Morgen mit gymnastischen Übungen oder dem

Karl Max Schneider (1887–1955), August 1955

Lesen von Fachbüchern. Nach dem Kaffee und den Routinearbeiten im Büro geht Schneider in das Gelände des Zoos. Wird die Situation brenzlig, sind gefährliche Tiere zu fangen oder zu transportieren, lässt er sich kaum je entschuldigen. Selbst wenn der Direktor aufgrund seiner Invalidität nicht zupacken kann, steht er neben den Männern, trägt er die Verantwortung. In einer Zeit ohne Narkosepfeile und ähnliche Hilfsmittel kann viel passieren, erfordern die Arbeiten Mut und Entschlossenheit.

Noch immer macht Schneider die wissenschaftliche Beobachtung Freude, kann er stundenlang damit verbringen. Viele Manuskripte ruhen lange in der Schublade; das Forschen ist ihm wichtiger als die Veröffentlichung der Ergebnisse. Nach den Anstrengungen des Tages erholt er sich gern am Klavier. Der Zoodirektor liebt Brahms und Liszt, Beethoven und Schubert, aber auch französische Schlager. Den Tiergarten verlässt er nur noch dienstlich, vor allem das Reisen bereitet ihm Vergnügen. „Dann spare ich nicht", schreibt er und berichtet zugleich von den Eindrücken, die er empfängt.

Eine andere Seite seines Lebens bleibt dagegen völlig im Dunkeln. Nur Lothar Dittrich, der letzte Assistent Schneiders und spätere Zoodirektor von Hannover, hat auch diese Fragen berührt und in zwei Vorträgen festgehalten.[15] Neben der wissenschaftlichen Leistung ging es Dittrich um die Persönlichkeit Schneiders, die private Seite seines schwierigen Charakters. „Mein ehemaliger Chef", so der heute selbst über Siebzigjährige, „war Junggeselle, aber von mehreren Frauen umgeben. Es gab eine Haushälterin, eine Köchin und noch eine weitere Frau im Hause, die ehemalige Wirtschaftsleiterin des Zoos, alles Frauen, die in seinem Alter waren. Freunde seiner jüngeren Jahre, mit denen man bei Besuchen des Zoos zusammentraf, ließen ein verständnisvolles Lächeln sehen, wenn er mit seinem Frauentross auftrat. Selbstverständlich konnte ich mir nicht erlauben, dazu eine unschickliche Frage zu stellen. Und dann gab es da noch eine junge Frau, seine Privatsekretärin, eine seiner ehemaligen Studentinnen. In den letzten Jahren unternahm Schneider keinen Gang mehr ohne ihre Begleitung. Und wenn man sah, mit welcher Aufmerksamkeit sie ihn umgab, war kaum vorstellbar, dass sie ihren Aufgaben nur aus Pflichtgefühl nachkam. Schneider war zu dieser Zeit wirklich ein alter Mann, zufolge seiner Verwundung vorzeitig gealtert, beim Gehen oftmals hilfsbedürftig. Aber er war eben eine bedeutende, eindrucksvolle Persönlichkeit und Frauen gegenüber, wenn er wollte, sehr liebenswürdig, ein Kavalier der alten Schule."

Dittrich, der ein genaues und anrührendes Bild Schneiders entwirft, spricht zugleich über die letzte Begegnung mit ihm, erwähnt die ungebrochene Disziplin des Todkranken. Dass es um die Gesundheit des Leipzigers schlecht steht, bemerken auch die Mitglieder der internationalen Zoodirektorenkonferenz in Basel. Im Rollstuhl nimmt Schneider 1955 an der Veranstaltung teil, die anschließende Exkursion durch die Schweiz und nach Italien hat der Arzt bereits untersagt. Bis zum Schluss zeigt Schneider Haltung und ist doch müde geworden. „Wenn ich einmal von hier gehe", schreibt er in sein Tagebuch, „dann wird es mir sein wie nach meiner ersten Verwundung: leichter; endlich einmal ohne Verantwortung, auch für mich selbst. Unerfüllt bleiben mir zwei Wünsche: Kinder zu hinterlassen und alles zum Ausdruck zu bringen, was ich in mir trug."

Als der Direktor am 26. Oktober 1955 stirbt, trauert die ganze Stadt. Betrachten die Leipziger den „Pfaffendorfer Tierprofessor" doch längst als einen der ihren, als einen, der sie durch das eigene Leben begleitet hat. In der voll besetzten Kongresshalle findet eine offizielle Gedenkfeier statt, später ziehen tausende Bürger zum Südfriedhof. Zuvor aber haben seine engsten Mitarbeiter den Sarg auf die Schultern gehoben und ins Raubtierhaus getragen. Auf einer Fotografie ist die Szene festgehalten: die Trauergesellschaft, die Orden Schneiders auf einem schwarzen Samtkissen und hinter dem Gitter vier Löwen – aufgestellt wie zum Abschiedsgruß.

Leipzigs Löwen – Nachwort von Jörg Junhold

Ob in Fabeln oder Märchen, ob auf Münzen oder Kupferstichen – das Antlitz des Löwen scheint allgegenwärtig. Je nach Zusammenhang tritt uns der Löwe stolz und erbarmungslos, grimmig und tapfer, dankbar und fürsorglich entgegen. Kein anderes Tier ziert so häufig die Wappen der Mächtigen, keines wird so oft zum Symbol einer Herrschaft. Löwen zu halten war lange ein Privileg, das sich nur wenige leisten konnten, die sächsischen Kurfürsten zum Beispiel, die auf der Elbbrücke schon früh ein „Löwenhaus" unterhielten. In den Schlossanlagen der Wettiner fanden Prunkjagden statt, zeigte man den adligen Gästen das „schreckliche Tier". Auch August der Starke schätzte seine Menagerie und finanzierte eine Expedition, um die Käfige aufzufüllen. Es war der Leipziger Arzt Johann Ernst Hebenstreit, der das Unternehmen leitete und 1731 nach Afrika reiste. Die Löwen, die er nach Dresden schickte, erreichten den König gerade noch rechtzeitig. Der schwer kranke Monarch starb wenige Monate später, die Expedition des Mediziners wurde abgebrochen.

Kurz darauf begann ein anderes, ebenso aufregendes Projekt. In Leipzig unternahm der Verleger und Buchhändler Johann Heinrich Zedler den Versuch, das Wissen der Zeit zusammenzufassen. Gemeinsam mit zahlreichen Helfern erarbeitete er eine gewaltige Enzyklopädie, berichtete er über „alle Bereiche der Schöpfung" und auch über den Löwen. Neun Seiten war ihm das Stichwort wert, vieles wurde aneinander gereiht: Zitate aus

Reisebeschreibungen und anatomischen Folianten, Textstellen aus der Bibel und den Büchern des Aristoteles. „Groß, dick, wild und grausam“ sei der Löwe, doch auch von „edelmüdger Freudigkeit“, heißt es im betreffenden Lexikonband. „Getrocknet und zu Pulver gestoßen“ helfe sein Herz „gegen die schwere Not und das viertägige Fieber“, sein Bild aber stehe sowohl für den Heiland als für den Teufel.[16]
Selbst 130 Jahre nach dieser Einschätzung wussten die Zoologen wenig über das Leben der Löwen, ihre Bedürfnisse und Gewohnheiten. Einzig die Haltungsbedingungen in den Menagerien und zoologischen Gärten waren bekannt. Geschult durch Forschungsreisen und die Arbeit im Hamburger Zoo wollte Alfred Edmund Brehm hier neue Einsichten vermitteln, veröffentlichte er ab 1863 sein berühmtestes Werk. „Das Illustrierte Tierleben“ wurde ein internationaler Erfolg und erlebte zahlreiche Auflagen. Und doch sehen wir, wie sehr sich Legenden und Kenntnisse noch immer vermengen, wie beides zusammenwirkt. Auch für Brehm blieb der Löwe der „König der vierfüßigen Räuber, der Herrscher im Reich der Säugetiere“. Seine ganze Schilderung ist von dieser Idee durchdrungen, in mehreren Varianten wird sie uns vorgeführt. „Wer will des Löwen, des Helden, des Königstieres Seele beschreiben! Welch ein Tier voll des kräftigen Selbstbewusstseins! Welche Gestalt! Welche Majestät! Welcher Körper! Welche Brust! Welcher Leib! Welch ein Anblick!“, zitiert Brehm einen bekannten Reiseschriftsteller um dann zu ergänzen: „Unbeschreiblich die Wirkung, welche des Königs Stimme unter seinen Untertanen hervorruft. Die heulende Hyäne verstummt, der Leopard hört auf zu grunzen; die Affen beginnen laut zu gurgeln und steigen angsterfüllt zu den höchsten Zweigen empor; die Antilopen brechen in rasender Flucht durchs Gezweige, die blökende Herde wird totenstill; das beladene Kamel zittert, gehorcht keinem Zurufe seines Trei-

bers mehr, wirft seine Lasten, seinen Reiter ab und sucht sein Heil in eiliger Flucht, das Pferd bäumt sich, schnauft, bläst die Nüstern auf und stürzt rückwärts; der nicht zur Jagd gewöhnte Hund sucht winselnd Schutz bei seinem Herren."

Brehm, der von 1858 bis 1862 in der Messestadt wohnte, veröffentlichte hier seine Bücher und traf Gleichgesinnte. In Vorträgen und Diskussionen berichtete er über fremde Länder und zoologische Fragen. Wollten die Leipziger Bürger „exotische Tiere" dagegen wahrhaftig sehen, waren sie auf die drei Mal im Jahr stattfindenden Messen angewiesen. Wandermenageristen bauten dann in der Stadt ihre Buden auf und warben auf den Plätzen um Kundschaft. Die gezeigten Tiere – darunter zahlreiche Großkatzen – ergänzten das Bücherwissen durch die lebendige Anschauung, die Erzählung vom Tier durch seine Wahrnehmung.

Der bedeutendste dieser Schausteller hieß Gottlieb Christian Kreutzberg. Indem Mustafa Haikal, der Autor des vorliegenden Buches, die Biografie Kreutzbergs an den Anfang der Darstellung rückt, verweist er auf diese Form der Wissensvermittlung und die langen Linien des Themas. Ein ähnlich genaues Bild vom Schicksal eines Wandermenageristen lässt sich in der Literatur ansonsten kaum nachlesen. Und wie die Publikation beginnt, so wird sie auch fortgesetzt. Ganz gleich, ob bei Hermann Fischer oder Claire Heliot, Johannes Gebbing oder Karl Max Schneider – stets unterstreicht Haikal das Typische, verbindet er das Einzelschicksal mit dem eines ganzen Berufsstandes. Realistisch und ungeschminkt gerät die Geschichte des Zoos in den Blick, werden Widersprüche in ihrer Entwicklung beschrieben. Zugleich skizziert der Autor die sich verändernden Auffassungen von der Natur, die wechselnden Vorstellungen vom Löwen. Dabei geht er behutsam vor, nichts soll den Fluss der Erzählung stören. So verfolgen wir die Ereignisse voller Spannung und mit wachsender Neugierde. Komisches mischt sich mit Tragischem, Abenteuerliches mit Alltäglichem – ein Panorama entsteht.

Viele der alten Leipziger werden sich vor allem an Karl Max Schneider erinnern. Der Zoo hat seinen 50. Todestag im Oktober 2005 mit einer Festveranstaltung gewürdigt. Die Schwerpunkte, die Schneider verfolgte, sein Einsatz für den Natur- und Artenschutz oder die Verbreitung zoologischer Kenntnisse sind noch heute aktuell und bestimmen auch unsere Arbeit. „Und wofür“, so Schneider 1940, „treiben wir im letzten Grunde Naturschutz? Für uns selbst – oder sprechen wir damit auch dem Tier einen Eigenwert zu, der unabhängig vom Menschen Bestand hat? Pflegen wir das Tier lediglich uns zur Freude oder auch um des Tieres willen? Ich meine, wollen wir mit den Naturschutzbestrebungen das Tier in seiner Vielgestalt für uns erhalten, oder: würden wir auch noch Naturschutz für eine absehbare Zeit treiben und zur Erhaltung der Tierarten auf der Erde beitragen, wenn wir wüssten, dass das Menschengeschlecht über kurz oder lang ausstürbe? Ich glaube, wir würden es auch dann noch tun: um unserer Brüder willen, um das Leben überhaupt zu wahren.“

Selbst wenn die Reihe der vom Autor vorgestellten Lebensläufe mit Karl Max Schneider endet, ging die Löwenhaltung des Zoos zunächst weiter. Noch Jahre später war der Handel mit den Großkatzen ein einträgliches Geschäft. Im ersten Halbjahr 1962 feierte der Leipziger Zoo mit mehreren Veranstaltungen die 2000. Löwengeburt, berichteten die Zeitungen ausführlich über dieses Ereignis. Dann aber endete dieses Kapitel der Zoogeschichte innerhalb weniger Jahre. Im letzten Drittel des vergangenen Jahrhunderts verfielen die Preise für Löwen in dramatischer Weise. Schon um 1970 gab es in den zoologischen Gärten und Safariparks Europas so viele der Tiere, dass sie sich kaum mehr

verkaufen ließen. Ein Löwe kostete nun genauso viel wie ein Dackel und die Fortführung der groß aufgezogenen Zucht wäre gegen jede Vernunft gewesen.
Hinzu kam, dass sich die Mitarbeiter der zoologischen Gärten seit den sechziger Jahren des 20. Jahrhunderts weltweit auf neue Ziele verständigten. Angesichts der drohenden Ausrottung vieler Tierarten verstärkten sie ihre Bemühungen um den Natur- und den Artenschutz. Bestehende Zuchtprogramme wie das zur Erhaltung des Wisents wurden ausgebaut, andere begonnen. Schrittweise entwickelte sich jenes Populationsmanagement, das heute den Alltag vieler Zoos bestimmt. Die Löwenzucht in ihrer herkömmlichen Form, die willkürliche Kreuzung verschiedener Unterarten, war nun nicht mehr zeitgemäß. Die jahrzehntelangen Erfahrungen der Leipziger Tiergärtner wurden für neue Aufgaben genutzt, so die Zucht des Sibirischen Tigers. Siegfried Seifert, der langjährige und verdienstvolle Direktor des Zoos, hat die Ergebnisse der Leipziger Raubtierzucht 1975 in seiner Dissertation noch einmal zusammengefasst und der Fortpflanzungsbiologie des Löwen dabei breiten Raum eingeräumt.[17]
Die Öffentlichkeit verband das Image des Zoos noch lange mit den Wappentieren der Stadt. Das lag auch daran, dass die Berichte über die Zucht nicht abrissen, selbst wenn sie sich nun auf zurückliegende Zeiten bezogen. Nach wie vor gab es Löwenpreise und -maskottchen, wurden Freundschafts- und Solidaritätslöwen verschenkt. So jene Somalialöwin, die Walter Ulbricht 1970 von einem afrikanischen Staatsgast erhielt und die unter den Augen der Presse nach Leipzig wechselte. Sechs Jahre später wurde das gleiche Tier dann einem sowjetischen Zoo an der Erdöltrasse „Freundschaft“ übergeben und zwar als Geschenk der FDJ-Bezirksleitung. Auf die Dauer aber ließ sich die Diskrepanz zwischen der Berichterstattung und den realen Verhält-

nissen nicht übersehen. Am 11. Oktober 1998 musste die Geschäftsleitung das drohende Ende der Leipziger Löwenhaltung verkünden. Der neunzehnjährige Tamrin litt an einer akuten Nieren- und Gelenkerkrankung. Cleo, das letzte Weibchen, war bereits ein halbes Jahr zuvor gestorben. Ein neues Löwenpaar in den alten Anlagen unterzubringen wäre unverantwortlich gewesen. Eine moderne, naturnahe Löwenanlage wiederum hätte zwei Millionen Mark gekostet, Geld, über das der Zoo nicht verfügte. Also bauten wir – wie schon so oft – auf die Unterstützung der Leipziger Bevölkerung. Quasi über Nacht wurde ein gewagtes Finanzierungsmodell entworfen: Zu einem zeitlich befristeten Aufschlag auf die Eintrittspreise sollte ein städtischer Zuschuss kommen, während der „Löwenanteil" durch Spendengelder zu realisieren war. Begleitet von einer groß angelegten Kampagne „Leipzig zeigt Löwenherz" und unter der Schirmherrschaft des Ex-Oberbürgermeisters Hinrich Lehmann-Grube belebte auch der Förderkreis des Zoos die Löwen-Spendenaktion der vergangenen Jahre. Die nun einsetzende Welle des Engagements übertraf alle Erwartungen. Innerhalb von nur 18 Monaten beliefen sich die Einnahmen und Spenden auf 2,8 Millionen Mark. Ganz Leipzig verfolgte das Geschehen an der Löwensavanne von der Grundsteinlegung am 2. April 2000 bis zur feierlichen Eröffnung am 9. Februar 2001.
Was die Messestädter und ihre Gäste schließlich zu sehen bekamen, war ein Meilenstein auf dem Wege der Umgestaltung des Zoos. Das rund 1000 Quadratmeter große und abwechslungsreich gestaltete Areal bietet den Tieren artgemäße Lebensbedingungen. Ähnlich wie bei unseren anderen neuen Anlagen entstand eine naturnahe und gitterlose Landschaft, die durch Wassergräben, Glasscheiben und künstliche Felsen von den Besuchern getrennt ist. Aus einer Erdhöhle heraus können die Großkatzen in ihrer Innenunterkunft beobachtet werden. Her-

Zootierpfleger Jörg Gräser mit Besuchern vor der neuen Löwensavanne, 2002

vorragende Bedingungen also für die Fortsetzung der Leipziger Löwenhaltung unter völlig veränderten Voraussetzungen. Die Sorge um das Wohl der Zootiere gehört zu den täglichen Begleitern unserer Arbeit. Auch vor überraschenden Entwicklungen ist man niemals gefeit. Nachdem ein erster Versuch mit drei Junglöwen fehlgeschlagen war, konzentrierten wir uns auf die Haltung der stark bedrohten angolanischen Unterart. Allerdings diagnostizierten die Tierärzte bei der Löwin, die wir gemeinsam mit einem Männchen aus dem Lissabonner Zoo erhielten, sehr schnell eine schwere Augenkrankheit, den Grauen Star, der auch vererbt werden kann. Eine spektakuläre Operation in der Universitäts-Kleintierklinik brachte zwar eine Verbesserung der Sehkraft, doch problemlos gestaltete sich die Zucht deshalb nicht. Unter reger Anteilnahme der Öffentlichkeit waren weitreichende Entscheidungen zu fällen und schwierige Fragen zu klären.

Für das unter Denkmalschutz stehende Raubtierhaus konnte unterdessen eine andere Verwendung gefunden werden. Die Wiege der berühmten Leipziger Löwenhaltung wurde in nur achtmonatiger Bauzeit zum Entdeckerhaus „Arche“ umgebaut und im September 2002 eröffnet. In der historischen Hülle entstand nach amerikanischem Vorbild und erstmals in Deutschland ein interaktives Bildungszentrum. Als Symbol des Überlebens und zentrales, verbindendes Element dient dabei eine hölzerne Arche im Herzen des Hauses. Der Besucher erfährt hier unter anderem, welche Anstrengungen die zoologischen Gärten unternehmen, um einen nachhaltigen Artenschutz zu unterstützen. Zwei ehemalige Löwenkäfige im Eingangsbereich des Gebäudes sind so gestaltet, dass sich die Gäste über die Vergangenheit beziehungsweise die Zukunft des Zoos informieren können.

Und so ließe sich die Darstellung zur Geschichte der Leipziger Löwenhaltung mit dem Hinweis auf die Umwidmung des ehemaligen Raubtierhauses und mit einem optimistischen Ausblick beenden. Allerdings – und auch das gehört zur Realität der gegenwärtigen Verhältnisse – steht es mit dem Erhalt der wild lebenden Löwenpopulationen keineswegs zum Besten. Alle unsere Anstrengungen dürfen nicht darüber hinwegtäuschen, dass die Zahl der einst weit verbreiteten Tiere zurückgeht und mehrere Unterarten wie der Kap- oder der Berberlöwe bereits ausgerottet wurden. Der Druck der rasch wachsenden Weltbevölkerung auf die Bestände der Großkatzen ist enorm und er wächst auf dramatische Weise. Haustiere übertragen gefährliche Krankheiten wie die Staupe; Menschen und Löwen konkurrieren um die knappen Ressourcen an Lebensräumen. Zu Recht hat der Weltverband der Zoos und Aquarien hier seit Jahren ein Umdenken angemahnt und seine Mitglieder zur Konzentration aller Kräfte auf den Naturschutz verpflichtet. Einem Anliegen, dem wir uns in unserer Arbeit und letztlich auch mit dem vorliegenden Buch verbunden fühlen. Spiegelt doch die Geschichte der Leipziger Löwenhaltung die Mensch-Tier-Beziehung auf eine besondere Weise. Sie in ihrer Widersprüchlichkeit zu begreifen, dürfte heute notwendiger denn je sein.

Jörg Junhold, geboren 1964, ist promovierter Veterinärmediziner und leitet als Geschäftsführer und Direktor seit 1997 den Leipziger Zoo. Unter seiner Federführung wird gegenwärtig das Konzept vom „Zoo der Zukunft“ verwirklicht.

Danksagung

Mein herzlicher Dank gilt zunächst Prof. Dr. Lothar Dittrich, der die Erarbeitung des vorliegenden Buches Kapitel um Kapitel begleitet hat. Für die Durchsicht des Manuskripts und manch kluge Anregung danke ich meinen Kollegen und Freunden Prof. Dr. Dietmar Stübler und Dr. Peter Leonhardt. Auf stilistische Fragen haben mich vor allem Jan Hoyer und Ingeborg Haikal aufmerksam gemacht. Hermann Sagemüller, Dr. Stephan Oettermann, Hans-Jürgen Tiede, Ralf Hausmann, Wolfgang Puschmann, Michael Walz, Helmut Engisch, Manfred Haude, Prof. Dr. Heinz Lohse sowie Dr. Herbert und Johannes Gebbing danke ich für die Bereitstellung unterschiedlichster Materialien und die Geduld bei zahlreichen Nachfragen. Die Anschubfinanzierung des Publikationsprojekts, für die sich Siegfried Stauche und Andreas Seifert eingesetzt haben, übernahm der Freundes- und Förderkreis des Leipziger Zoos. Den Löwenanteil der notwendigen Mittel steuerte die Zoo Leipzig GmbH bei. Ihr Direktor Dr. Jörg Junhold und die Pressereferentin Kathleen Raschke unterstützten die Arbeiten in jeder Hinsicht. Auch dafür herzlichen Dank. Meiner Frau Marlies danke ich einmal mehr für ihr liebevolles Verständnis.

Mustafa Haikal

Anhang

Anmerkungen

[1] Etwa die Hälfte bis das Doppelte des Entgelds eines Tagelöhners.
[2] Gottlieb Kallenberg verkauft die Menagerie nach wenigen Monaten an Robert Daggesell, den einstigen Mitarbeiter Kreutzbergs.
[3] Seit der Mitte des 20. Jahrhunderts wird im Allgemeinen von Tierpflegern und nicht mehr von Wärtern gesprochen.
[4] Die ersten lebensfähigen Welpen werden am 6. Mai 1881 geboren.
[5] Die Angaben über die Zahl der 1898/99 beim Bau der Bahn getöteten Arbeiter schwanken beträchtlich (von 27 bis zu 140 Opfern). Für das ungewöhnliche Verhalten der Löwen gab es mehrere Gründe, so die Veränderung der natürlichen Umweltbedingungen in dem betreffenden Gebiet. Vgl. Caputo, Philip: Unter Menschenfressern. Auf den Spuren der mystischen Löwen von Tsavo, Hamburg 2002
[6] Vgl. dazu Hediger, Heini: Beobachtungen zur Tierpsychologie im Zoo und im Zirkus, Basel 1961
[7] Der steinerne Koloss im Leipziger Südosten ist das größte Geschichtsdenkmal Deutschlands und wurde aus Anlass des 100. Jahrestages des Sieges über Napoleon errichtet (Völkerschlacht bei Leipzig).
[8] Gebbing selbst hat über die Dreharbeiten ausführlich berichtet. Vgl. Vorsicht Löwe! Humorvolles aus dem Leipziger Zoo, hrsg. von Mustafa Haikal und Jörg Junhold, Leipzig 2004. Folgende Filme mit ihm sind erhalten: Samson und Delila, Regie: Alexander Korda 1922 (Filmarchiv Austria, Wien); Lucrezia Borgia, Regie: Richard Oswald 1923 (Bundesfilmarchiv, Berlin); Der Sprung ins Leben, 1923/24 (Murnau-Stiftung, Wiesbaden, mit der jungen Marlene Dietrich).
[9] Dieser Prozess ist in der aktuellen Jubiläumspublikation ausführlich beschrieben. Vgl. Haikal, Mustafa/Junhold, Jörg: Auf der Spur des Löwen. 125 Jahre Zoo Leipzig, Leipzig 2003, S. 115 f.
[10] Nach anderen Informationen soll der Löwe 1934 als Geschenk in den Neunkircher Zoo gekommen sein.
[11] Der Kaufpreis betrug 45 000 Reichsmark, eine damals durchaus beträchtliche Summe.

[12] Alfred Schneider, dessen Biografie weitgehend in Vergessenheit geraten ist, gehört zu den bedeutendsten Dompteuren des 20. Jahrhunderts. Als Sohn eines Baumeisters 1876 in Leipzig-Paunsdorf geboren, studiert Schneider zunächst Architektur, ehe er sich als Rennfahrer und Radsportartist einen Namen macht. Gemeinsam mit seiner späteren Frau Marcella führt er bereits um 1906 Löwen vor und gründet 1927 den größten Löwenzirkus der Welt (zeitweise rund 100 Tiere). Die Löwen, die von dem Zirkusunternehmer auch gezüchtet werden, kommen in so bekannten Filmen wie dem Monumentalstreifen „Quo Vadis?“ zum Einsatz. Als Kapitän Schneider (angeblich ist ihm der Titel durch den belgischen König verliehen worden) reist der Sachse mit einem großen Tross durch Europa, wobei er sich auch in technischen Fragen als einfallsreicher Neuerer erweist (Patent auf einen Löwenkäfig aus unzerbrechlichem Glas). Von seinem Lieblingslöwen Othello am 17. Dezember 1941 schwer verwundet, stirbt er sechs Tage später an den Folgen der Verletzung. Eine Episode aus dem dramatischen und interessanten Leben Schneiders bot dem Schriftsteller Johann Fabricius die Vorlage für den 1934 erschienenen Roman „Löwen hungern in Neapel“.

[13] Auch Gebbing zitiert diese Geschichte, wobei er (wie so oft) Namen und Jahreszahlen verwechselt. Nach seiner Erinnerung beginnt das Gastspiel hervorragend, droht dann aber endlos weiterzugehen, weshalb man der Dame nach zahlreichen Auseinandersetzungen den Zugang zum Garten verwehrt. Vgl. Vorsicht Löwe!, a. a. O., S. 36 f.

[14] Am 19.2.1957 verkauft der Zoo einen weiblichen Junglöwen an eine amerikanische Filmgesellschaft, die in Westafrika einen Spielfilm dreht. Als sich die Mitarbeiter 1965 nach dem Schicksal des Tieres erkundigen, bleibt die Recherche ergebnislos. Am 7. Juni 1968 wird ein weiteres Tier (nach anderen Informationen ein Pärchen) an den Zoo der Universität Ibadan in Nigeria verschenkt.

[15] Vgl. Dittrich, Lothar: Unveröffentlichtes Manuskript eines Vortrags im Museum der Stadt Lichtenstein, 14. Mai 2003. Der zweite Vortrag wurde am 26. Oktober 2005 zum 50. Todestag Schneiders gehalten und wird gegenwärtig zum Druck vorbereitet.

[16] Vgl. Zedler, Johann Heinrich: Großes vollständiges Universal-Lexikon aller Wissenschaften und Künste, Bd. 18, Halle und Leipzig 1738

[17] Vgl. Seifert, Siegfried: Untersuchungen zur Fortpflanzungsbiologie der im Zoologischen Garten Leipzig gehaltenen Großkatzen (Panthera, Oken, 1816) unter besonderer Berücksichtigung des Löwen – Panthera Leo (Linné, 1758) –, Berlin 1978

Archive

Archiv der Zoo Leipzig GmbH, Archiv des Bauordnungsamts der Stadt Leipzig, Leipziger Stadtarchiv, Archiv der Evangelischen Kirchengemeinde Meuselwitz-Reichenbach/OL, Archiv der Evangelischen Kirchengemeinde Großbardau, Archiv der Karl-Max-Schneider-Stiftung Lichtenstein, Stadtarchiv Halle, Bundesarchiv Berlin (Berlin Document Center), Privatarchive von Stephan Oettermann und Hermann Sagemüller

Periodika

Der Artist, 1892–1906
Die Gartenlaube, 1860–1895
Illustrirte Zeitung, 1870–1895
Leipzig. Eine Monatsschrift, 1925–1926
Leipziger Beobachter. Wochenschrift für Verkehr, Wirtschaft und Kultur, 1934–1941
Der Leipziger. Illustrierte Wochenschrift, 1919
Leipziger Konzert-Theater- und Verkehrs-Blatt, 1928
Leipziger Nachrichten, 1870–1891
Leipziger Tageblatt, 1861–1902
Leipziger Volkszeitung, 1960–2005
Leipziger Vorschau. Halbmonatsschrift, 1931–1932
Mitteilungen aus dem Zoologischen Garten zu Leipzig, 1922–1934
Mitteilungen aus dem Zoologischen Garten zu Leipzig, Neue Folge, 1937–1950
Panthera, 1970–2004
Zeitungsausschnittsammlung des Archivs der Zoo Leipzig GmbH
Der Zoologische Garten. Zeitschrift für Beobachtung, Pflege und Zucht der Tiere, 1880–1914
Der Zoologische Garten. Zeitschrift für die gesamte Tiergärtnerei, Neue Folge, 1928–1943, 1949–1962

Literatur

Aktien-Gesellschaft Zoologischer Garten zu Leipzig. Bericht über das Geschäftsjahr, 1900–1918, Leipzig 1901–1919

Artinger, Kai: Von der Tierbude zum Turm der blauen Pferde. Die künstlerische Wahrnehmung der wilden Tiere im Zeitalter der zoologischen Gärten, Berlin 1995

Ball, V.: Observations on Lion-breeding in the Gardens of the Royal Zoological Society of Ireland. In: The Transactions of the Royal Irish Academy, Volume XXVIII., Dublin 1886

Baratay, Eric/Hardouin-Fugier, Elisabeth: Zoo. Von der Menagerie zum Tierpark, Berlin 2000

Barell, Bobby: Willy Hagenbeck. Der König der Dompteure. Sein Leben – Seine Tiere, Bayreuth 1967

Bennewitz, Joachim: Die Stadt als Wohnung. Carl James Bühring – Architekt in Berlin und Leipzig, Berlin-Weißensee 1993

Bleckman, Matias: Harry Piel. Ein Kino-Mythos und seine Zeit, Düsseldorf 1992

Blumenberg, Hans: Löwen, Frankfurt am Main 2001

Brabec, Jan/Markschiess-van Trix, Julius: Artistik. Auswahl-Bibliographie, Berlin 1968

Brehm, A. E.: Brehms Thierleben. Allgemeine Kunde des Thierreichs. Erste Abtheilung – Säugethiere. Erster Band. Zweite umgearbeitete und vermehrte Auflage, Leipzig 1876

Das Buch vom Zoo. Einführung von Prof. Dr. Heini Hediger, Frankfurt am Main 1978

Busch, Paula: Das Spiel meines Lebens. Ein halbes Jahrhundert Zirkus, Stuttgart 1957

Caputo, Philip: Unter Menschenfressern. Auf den Spuren der mystischen Löwen von Tsavo, Hamburg 2002

Daehne, Paul: Festschrift der Leipziger Krystall-Palast Aktiengesellschaft, Leipzig 1909

Dathe, Heinrich: Bibliographie des Zoologischen Gartens Leipzig. Arbeitsberichte zur Geschichte der Stadt Leipzig 1/1978

Ders.: Erlebnisse mit Zootieren, Wittenberg Lutherstadt 1972

Ders.: Lebenserinnerungen eines leidenschaftlichen Tiergärtners, München/Berlin 2001

Dembeck, Hermann: Manege frei!, Berlin 1937

Denis-Huot, Christine und Michel: Löwen, o. O. 2003

Dittrich, Lothar: Karl Max Schneider, unveröffentlichtes Manuskript eines Vortrags im Museum von Lichtenstein, 14.05.2003

Dittrich, Lothar/Engelhardt v., Dietrich/Rieke-Müller, Annelore (Hrsg.): Die Kulturgeschichte des Zoos, Berlin 2001
Dittrich, Lothar/Rieke-Müller, Annelore: Carl Hagenbeck (1844–1913). Tierhandel und Schaustellungen im Deutschen Kaiserreich, Frankfurt am Main 1998
Dworschak, Franz Xaver: Meister der Manege, München/Wien 1954
Engelmann, Wolf-Eberhard: Ein Führer durch Aquarium und Terrarium. Zoologischer Garten Leipzig, Leipzig 1994
Engisch, Helmut: Der schwäbische Büffelkönig und die Löwenmadam, Stuttgart 1998
Fellmann, Walter: ... doch das Messer sieht man nicht. Merkwürdige Kriminalfälle & sensationelle Prozesse, Augsburg 1999
Frank, Wolfgang: Verklungen Horn und Geläut. Die Chronik des Forstmeisters Franz Mueller-Darß, München 2001
Fuchs, Peter: Die Bauten und die Anlagen des Zoologischen Gartens von 1878 bis 1945. Eine Dokumentation, Diplomarbeit, Leipzig 1987
Führer durch den Zoologischen Garten Leipzig, Leipzig um 1885, um 1901, 1920, 1935
50 [Fünfzig] Jahre Leipziger Zoo. Eine Festschrift. Mit 81 Abbildungen und 5 Karten, hrsg. von Dr. Johannes Gebbing, Leipzig 1928
G. Kreutzberg's Große Menagerie. Verzeichniß sämmtlicher in dieser Menagerie befindlichen Thiere, nebst einer kurzen Beschreibung der merkwürdigeren und ihrer Lebensweise [um 1855, Reprint]
Gautschi, Andreas: Der Reichsjägermeister. Fakten und Legenden um Hermann Göring, Suderburg 1999
Gebbing, Johannes: Seidenraupenzucht. Anleitung zur Behandlung der Seidenraupe nebst einem Anhang über die Kultur des Maulbeerbaumes, Leipzig 1925
Ders.: Die Wiederbeseelung der Welt, Leipzig 1934
Ders.: Ein Leben für Tiere, Leipzig 1935
Ders.: Vom Zoo. Kritik und Wirklichkeit, Leipzig 1936
Ders.: Ein Leben für Tiere. Erinnerungen und Gedanken eines Tiergärtners und Afrikafahrers, Mannheim 1957
Gesellschaftsvertrag der Aktiengesellschaft Zoologischer Garten zu Leipzig, Leipzig 1898
Giese, Margaret: Margaret die Löwendompteuse, Apolda 1945
Göring, Emmy: An der Seite meines Mannes. Begebenheiten und Bekenntnisse, Coburg 1996
Graeser, Erdmann: Leipzig – wie ich es sah. Aufzeichnungen eines Flaneurs. Entdeckt von Wolfgang U. Schütte. Mit einem Vorwort von Joachim Nowotny, Leipzig 2005

Grautoff, Ferdinand: Der Löwe ist los!. In: Almanach zum Leipziger Pressefest, Leipzig 1920
Grzimek, Bernhard: Zwanzig Tiere und ein Mensch, Berlin 1975
Hagen, Wally und Horst: Das Buch vom Löwen, Hamburg 1992
Hagenbeck, Carl: Von Tieren und Menschen. Erlebnisse und Erfahrungen, Berlin 1909
Hagenbeck, Lorenz: Den Tieren gehört mein Herz, Hamburg 1955
Haikal, Mustafa/Junhold, Jörg: Auf der Spur des Löwen. 125 Jahre Zoo Leipzig, Leipzig 2003
Halperson, Joseph: Das Buch vom Zirkus. Beiträge zur Geschichte der Wanderkünstlerwelt, Düsseldorf 1926
Hauffe, Katja/Höer, Ines/Klüglich, Yvonne: Messevergnügungen. In: Leipzigs Messen 1497– 1997. Gestaltwandel – Umbrüche – Neubeginn. Herausgegeben von Hartmut Zwahr, Thomas Topfstedt, Günter Bentele, Teilband 1: 1497–1914, Köln/Weimar/Wien 1999
Heck, Ludwig: Heiter-ernste Lebensbeichte. Erinnerungen eines alten Tiergärtners, Berlin 1938
Hediger, Heini: Beobachtungen zur Tierpsychologie im Zoo und im Zirkus, Basel 1961
Heinsdorff, Hellmut: Bauten und Anlagen zoologischer Gärten. Baugeschichtlicher Rückblick, Typenentwicklung und Aufgabenstellung für den Architekten, Diss. A, München 1968
Hemmer, Helmut: Untersuchungen zur Stammesgeschichte der Pantherkatzen (Pantherinae), Teil III, Zur Artgeschichte des Löwen Panthera (Panthera) leo (Linnaeus 1758). In: Veröffentlichungen Zoologische Staatssammlung München, Bd. 17, München 1. August 1974
Hereinspaziert. Zooführer Leipzig, Chemnitz 1994
Hofmann, Achim: Der Zoologische Garten als Bauaufgabe des 19. Jahrhunderts, Diss. A, Frankfurt am Main 1999
Imaginierte Antike. Österreichische Monumental-Stummfilme, Herausgegeben von Armin Loacker/Ines Steiner, Wien 2002
Kisch, Egon Erwin: Raubtiere fressen. In: Der Poet im Affenhaus. Zoogeschichten. Herausgegeben von Steffen Damm, Berlin 1994
Kittler, Andreas: Hermann Görings Carinhall. Der Waldhof in der Schorfheide, Berg 1997
Klös, Heinz-Georg: Von der Menagerie zum Tierparadies. 125 Jahre Zoo Berlin, Berlin 1969
Klös, Heinz-Georg/Frädrich, Hans/Klös, Ursula: Die Arche Noah an der Spree. 150 Jahre Zoologischer Garten Berlin. Eine tiergärtnerische Kulturgeschichte von 1844 bis 1994, Berlin 1994
Kötzschke, Rudolf: Das Leipziger Stadtwappen. In: Leipziger Jahrbuch 1941, S. 113–118

Kroker, Ernst: Schaustellungen auf den Leipziger Messen im sechzehnten, siebzehnten und achtzehnten Jahrhundert. In: Mitteilungen der Deutschen Gesellschaft zur Erforschung Vaterländischer Sprache und Althertümer in Leipzig, Bd. 8, Leipzig 1883/90, S. 7–137

Krumbiegel, Ingo: Der Löwe, Leipzig 1952

Lehmann, Alfred: Tiere als Artisten. Eine kleine Kulturgeschichte der Tierdressur, Wittenberg Lutherstadt 1955

Leipziger Adressbücher, Leipzig 1862–1902

Leutemann, Heinrich: Lebensbeschreibung des Thierhändlers Carl Hagenbeck, Hamburg 1887

Lochow, Lydia: Musealisierung des Fremden. Völkerschauen im Zoologischen Garten Leipzig 1879–1913, Diplomarbeit, Halle 2001

Löffler, Katrin/Schöpa, Iris/Sprinz, Heidrun: Der Leipziger Südfriedhof, Leipzig 2000

Malhotra, Ruth: Manege frei. Artisten- und Circusplakate von Adolph Friedländer, Dortmund 1979

Meichtry, Wilfried: Du und ich – ewig eins. Die Geschichte der Geschwister von Werra, Frankfurt am Main 2001

Meier, Jeannette: Leben und Werk des Leipziger Zoodirektors Karl Max Schneider (1887–1955) und seine Beziehungen zur Veterinärmedizin, Diss. A, Leipzig 2003

Menagerie des Kaisers – Zoo der Wiener. 250 Jahre Tiergarten Schönbrunn. Herausgegeben von Mitchell G. Ash und Lothar Dittrich, Wien 2002

Mensch und Tier. Eine paradoxe Beziehung. Herausgegeben von der Stiftung Deutsches Hygiene-Museum, Ostfildern-Ruit 2003

Nagel, Alfred G.: Vier Kreuzer „Leipzig“, Berlin-Lichterfelde 1933

Neue Deutsche Biographie, Dritter Band, Berlin 1957

90 [Neunzig] Jahre Leipziger Zoo. 1878–1968. Ausblick und Rückblick, Leipzig 1968

Niemeyer, Günter H.: Hagenbeck, Hamburg 1972

Oettermann, Stephan/Seffinga, Jan J.: Adolph Friedländer. Ein Verzeichnis nach Nummern. Zweite vermehrte und verbesserte Auflage, Gerolzhofen 2002

Poley, Dieter (Hrsg.): Berichte aus der Arche, Stuttgart 1993

Raritäte seyn su sehn ... Leipziger Markt- und Messeattraktionen, Leipzig 1988

Reichenbach, A. B.: Das Buch der Thierwelt II., Die Thiere der Fremde, Leipzig 1873

Reiff, Jakob: Rotz bei Löwen und Tigern, Diss. A, Mainz 1919

Richard Oswald, Hrsg. von der Deutschen Kinemathek Berlin, Berlin 1970

Rieke-Müller, Annelore/Dittrich, Lothar: Der Löwe brüllt nebenan. Die Gründung Zoologischer Gärten im deutschsprachigen Raum 1833–1869, Köln/Weimar/Wien 1998

Rieke-Müller, Annelore/Dittrich, Lothar: Unterwegs mit wilden Tieren. Wandermenagerien zwischen Belehrung und Kommerz 1750–1850, Marburg an der Lahn 1999

Rübel, Alex: Mensch und Tier, Vontobel-Stiftung, Zürich 2005

Saalbach, Sandra: Die Bauten und Anlagen von Carl-James Bühring im Leipziger Zoo (1924–1936), Magisterarbeit, Leipzig 2003

Sailer-Jackson, Otto: Löwen – meine besten Freunde. Die Lebensdarstellung eines Tierfängers und Tierlehrers, Leipzig1975

Schneider, Karl Max: Leo. Aus dem Leben eines Löwen: In: Reclams Universum, Heft 29, 49. Jg., Leipzig 20. April 1933

Ders.: Mit Löwen und Tigern unter einem Dach, Leipzig 1935 (Reprint 1957)

Ders.: Das Farbfoto-Buch vom Zoo, Leipzig 1938 (Reprint 1961)

Ders.: Besuch im Zoo, Berlin 1954

Ders.: Mutterliebe bei Tieren, hrsg. von Ingeborg v. Einsiedel, Wittenberg Lutherstadt, 1956

Ders.: Tiere haben das Wort. Geschichten aus dem Leipziger Zoo, hrsg. von Ingeborg v. Einsiedel, Leipzig 1957

Ders.: Von Elefanten und Flußpferden, hrsg. von Ingeborg v. Einsiedel, Wittenberg Lutherstadt 1959

Ders.: Tiere im Zoo, hrsg. von Ingeborg v. Einsiedel, Wittenberg Lutherstadt 1960

Ders.: Erlebnisse im Zoo, Leipzig/Jena/Berlin 1969

Ders.: Die erkenntnistheoretischen Grundlagen in Rickerts Lehre von der Transzendenz, Inaugural-Dissertation, Dresden 1918

Schultz, Willi: Kreuzer Leipzig. Baugeschichte, Einsätze, Schicksal, Stuttgart 1996

Seifert, Siegfried: Leipziger Zoo. Brockhaus Souvenir, Leipzig 1987

Ders.: Leipziger Zoogeschichte in Bildern, Leipzig 1990

Ders.: Untersuchungen zur Fortpflanzungsbiologie der im Zoologischen Garten Leipzig gehaltenen Großkatzen (Panthera, Oken, 1816) unter besonderer Berücksichtigung des Löwen – Panthera Leo (Linné, 1758) –, Berlin 1978

Seifert, Siegfried/Krische, Gisela: 100 Jahre Leipziger Zoo. In: Urania Universum, Bd. 23, Leipzig/Jena/Berlin 1977, S. 425-439

Thieme, Horst/Seifert, Siegfried: Tierschauen in Leipzig zwischen 1650 und 1770. In: Panthera, Leipzig 1978, S. 3-17

Thomas, Robert: Unter Kunden, Komödianten und wilden Tieren, hrsg. von Julius R. Haarhaus, Leipzig 1905

Tiede, Hans-Jürgen und Rosemarie: Raubtiere als Partner und Freunde. Meisterdompteure und ihre Dressuren. Eine Fotodokumentation, Frankfurt am Main 2002
Tiede, Hans-Jürgen und Rosemarie: Die hohe Schule der Raubtierdressur, Kaufbeuren 1997
Tiere. Eine andere Anthropologie, Köln/Weimar/Wien 2004
Triviale Tropen. Exotische Reise- und Abenteuerfilme aus Deutschland 1919–1939, München 1997
Ufa-Theater Alberthalle. Festschrift. Herausgegeben zur Wiedereröffnung am 11. November 1924
Viechereien. 140 Jahre Dresdner Zoo. Zooführer Dresden. Herausgegeben von Wolfgang Tittel, Chemnitz 2001
Vom Leipziger Zoo. Aus der Entwicklung einer Volksbildungsstätte, hrsg. von Prof. Dr. Karl Max Schneider, Leipzig 1953
Vorsicht Löwe! Humorvolles aus dem Leipziger Zoo, hrsg. von Mustafa Haikal und Jörg Junhold, Leipzig 2004
Wegweiser durch den Zoologischen Garten der Stadt Leipzig, Leipzig 1976
Weiß, Georg: Das Löwenrudel. Die Geschichte einer Löwendressur, Berlin 1971
Wiedemann, Rainer E.: Die Tiere der Gesellschaft, Konstanz 2002
Wilschke, Robert: Im Lichte des Scheinwerfers. Erinnerungen und Erzählungen eines Varité- und Zirkusagenten, Berlin 1941
Winkler, Gisela und Dietmar: Die große Raubtierschau, Berlin 1974
Zedler, Johann Heinrich: Großes vollständiges Universal-Lexikon aller Wissenschaften und Künste, Bd. 18, Halle und Leipzig 1738
Zscharschuh, Friedel: Freunde hinter Gittern, Preetz 1959
Der Zoologische Garten Leipzig. Eine Stätte der Wissenschaft. Herausgegeben von Prof. Dr. Heinrich Dathe, Leipzig 1961

Bildnachweis

Archiv des Bauordnungsamts der Stadt Leipzig, S. 34; Archiv des Leipziger Zoos, Coverbild, S. 36, 38, 43, 47, 54, 57, 60, 71, 74, 100, 103, 105–108, 112, 116, 127, 132, 148, 152, 159, 166, 173, 176, 178, 184, 187, 194; Herbert Gebbing, S. 136 ; Carl Hagenbeck (Von Tieren und Menschen, a. a. O.), S. 16; Mustafa Haikal, S. 8; Heinz Lohse, S. 64, 155; Harald Kirschner, S. 110; Stephan Oettermann, S. 11, 24; Hermann Sagemüller, S. 84; Willi Schultz, S. 139